KB114932

한라 호랑이

진호철 장편 소설

FUSION FANTASTIC STORY

한국호랑이 1

진호철 장편 소설

초판 1쇄 찍은 날 § 2014년 4월 8일
초판 1쇄 펴낸 날 § 2014년 4월 15일

지은이 § 진호철
펴낸이 § 서경석

편집부장 § 권태완
편집책임 § 박은정

펴낸곳 § 도서출판 청어람
등록번호 § 제387-1999-000006호
등록일자 § 1999. 5. 31
어람번호 § 제1-1825호

주소 § 경기도 부천시 원미구 부일로 483번길 40 서경B/D 3F (우) 420-822
전화 § 032-656-4452 팩스 § 032-656-4453
http://www.chungeoram.com
E-mail § chungeorambook@daum.net

ⓒ 진호철, 2014

ISBN 979-11-5681-965-3 04810
ISBN 979-11-5681-964-6 (세트)

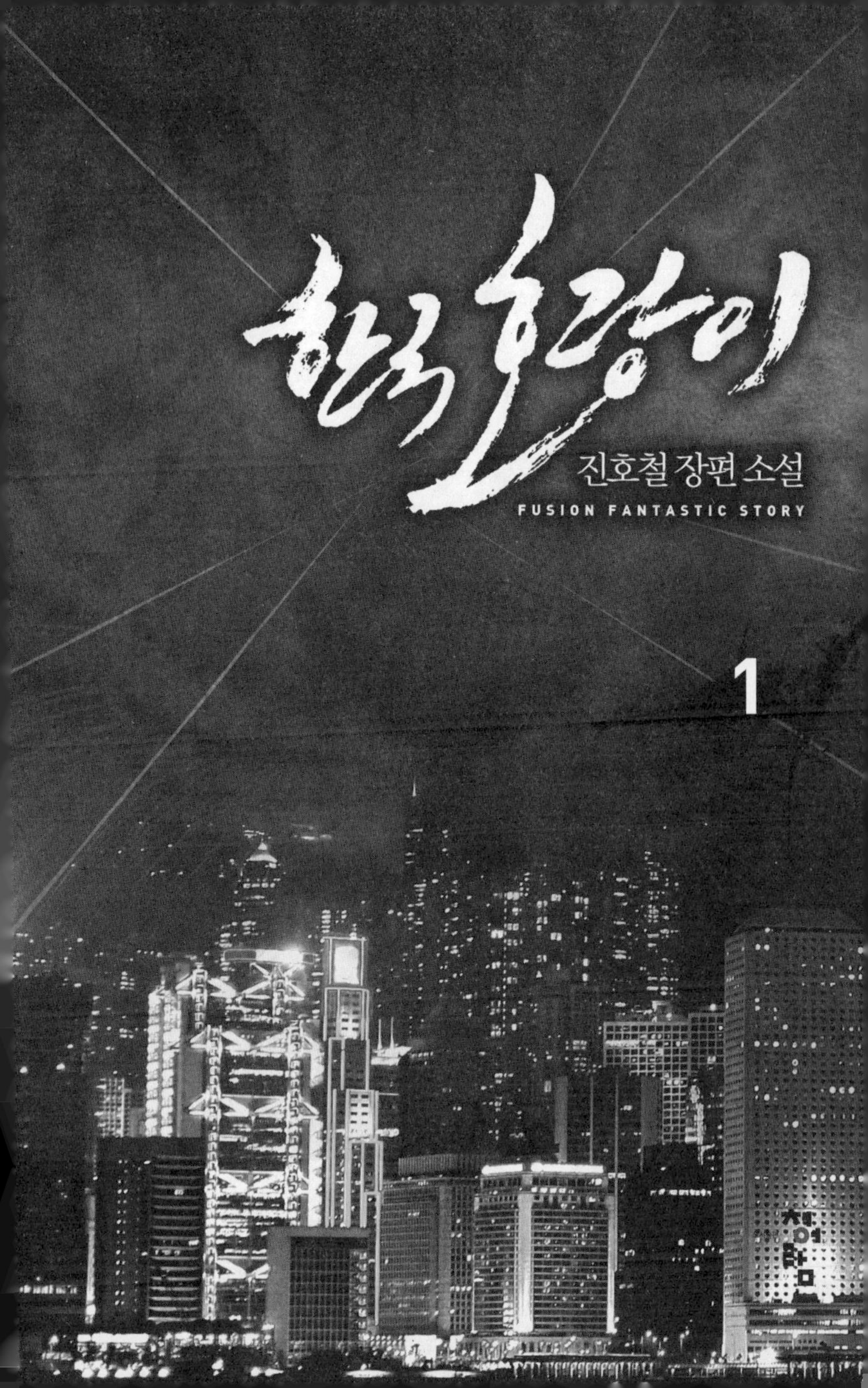
한국호랑이
진호철 장편 소설
FUSION FANTASTIC STORY
1

CONTENTS

프롤로그

서울대학병원!

흉부외과 과장실에 하얀 가운을 입고 안경을 쓴 사십대 의사와 군복 차림의 건장한 체격을 가진 이십대 청년이 심각하게 마주 앉아 있다.

다부진 인상의 청년이 구릿빛으로 물든 얼굴로 초조하게 물었다.

"도대체 어머니 병명이 뭡니까?"

"솔직히 말씀드리지요. 모친께선 십만 명에 한 명 나올까 말까 한 희귀병입니다. 근무력증과 흡사한 증세인데 아직 정확한 원인은 모릅니다. 계속 방치하면 전신 근육이 마비돼 결국 호흡 곤란이 올 겁니다. 다행히 현대 의학으로 치료는 가능합니다. 물론 제때 치료하지 못하면 어렵습니다."

조금 망설이던 의사가 내친김에 거침없이 말하자 하늘 전체가 노래진 청년이다.

아버지를 어려서 사별하고 홀로 자신을 고생고생하며 키워온 어머니이다.

그 어머니가 중한 병이란 소리에 세상이 흔들렸다.

"희귀병이라고요?"

"서둘러야 합니다. 이제 하루라도 빨리 수술해야 합니다. 다만 의료보험이 안 되는 병이라 수술비가 좀……."

"수술하면 고칠 수 있습니까?"

"현대 의학이 발전해 70% 정도 완치는 가능합니다만 아직 의료보험 적용이 안 되는 터라 워낙 거액이 들어서……."

의사 역시 말하기 힘든 듯 이마에 흐른 식은땀을 훔친다. 군복 차림의 청년이 급하게 다가섰다.

그의 명찰에는 정유천이란 이름이 뚜렷이 박혀 있다.

"얼마나 듭니까?"

"신약을 대거 써야 합니다. 아실지 모르지만 신약은 의료보험이 안 되는 터라 한 일억 오천 정도……."

"일억 오천이요?"

눈앞이 깜깜했다.

군복무 동안 죽어라 모아놓은 돈이라야 겨우 이천만 원.

가난한 부사관 생활엔 그마저도 엄청난 거금이다.

모자라도 너무나 모자라다.

도무지 방법이 없다.

친한 친구라고 해봐야 이제 겨우 사회에 발을 내디딘 초년생 아니면 아직 학생이다.

하루하루 버티기 힘든 그들에겐 일억이 넘는 거액이란 기대하기 힘들었다.

유천은 억지인 줄 알면서도 혹시나 하는 마음에 물었다.

"치료비는 몇 년 할부 안 됩니까?"

"네?"

당황한 과장에게 유천이 부탁했다.

"이 젊음을 믿고 치료해 주십시오. 절대 신의를 저버리는 일은 없을 겁니다."

"거참."

"그리해 주십시오."

"마음은 그런데 병원 내규가……."

외과과장이 난처한 얼굴로 대답했다.

마음 같아선 당장 호통이라도 치고 싶지만 유천이 입은 군복이 걸렸다.

공수특전단.

거칠고 무섭기로 소문난 부대 마크 때문에 일단 조심했다.

그 후 몇 번을 설득하던 유천이 마침내 마침표를 찍었다.

"병실 빼지 마십시오. 무슨 일이 있어도 치료합니다."

"당장 입원비가……."

"무조건 마련하겠습니다."

"……."

"그분은 제 어머니입니다."

의사가 난처한 듯 말을 돌렸다.

"일단 원무과에 가보시지요."

그리곤 횅하니 사라졌다.

멍하니 그 모습을 바라보던 군인이 허탈하게 웃으며 중얼거렸다.

"하긴 의사도 월급쟁이니."

망설일 시간이 없기에 냅다 그 길로 원무과로 달렸다.

얼마 후,

"썩을 놈들! 사람 나고 돈 났지, 돈 나고 사람 난 거야, 뭐야."

씩씩거리는 얼굴이 붉게 타올랐다.

단칼에 거절당한 후유증이다.

"고민이네."

돈을 마련할 길이 막막했다.

머리 크고 살아오는 동안 군대에 있다 보니 세상 돌아가는 것도 몰랐다.

가난 때문에 말뚝 박은 군대이기도 하다.

"아!"

그때 뇌리를 때리는 한 가지가 기억났다. 선임인 고참 중사들이 반 농담으로 이야기한 부대이다.

그들 말이 맞는다면 죽지만 않으면 돈 버는 데였다.

더불어 오로지 전쟁밖에 모르는 군인을 대우해 주는 유일한 곳이다. 다행스러운 건 그쪽에 먼저 간 선배가 있단 사실이다.

선배의 말이 기억났다.

"유천아, 너 정도 실력이라면 얼마든지 이야기해 줄게."

자신이 추천한다면 받아줄 거란 애기가 생각났다.

유천이 특전사 전체에서도 손꼽히는 엘리트 대원임을 알고 한 소리이다.

물론 선임 이야기에 따르면 외인부대에서도 가장 위험한 특수부대였다.

아무리 외인부대라 해도 특수부대가 아니면 선금을 주지도 않았다.

지금 유천에게 가장 필요한 건 돈이었다.

지체할 시간이 없었기에 그 길로 후다닥 사라진 유천이다.

일주일 후,

대학병원 수술실로 향하는 수많은 의사와 간호사들이 보였다. 그들 앞에 눕혀 있는 건 어머니였다.

유천은 어느새 사복으로 갈아입고 수술대로 향하는 노모를 향해 안타까운 시선을 보냈다.

어머니는 이 판국에도 아들 걱정이다.

"애야, 어디서 그렇게 큰돈을 마련한 거니?"

"하하! 어머니, 친구 중에 진수라는 녀석이 큰돈을 벌었다지 않습니까? 그놈한테 좀 꿨습니다."

"그리 큰돈을 그냥 빌려주디?"

"나중에 돈 벌면 갚으라고 하던데요. 참 고마운 녀석입니다. 이제 아무 걱정하지 마시고 수술이나 잘 받으세요."

"휴, 어미가 돼서 아들한테 이게 무슨 짓인지……."

회한 어린 어머니의 말에 유천이 싱글거리며 덥석 손을 잡았다. 손 한번 잡아주면 어떠신지요?

"어머니께서 오래 사셔야 제가 행복할 거 아닙니까."

"유천아."

"힘내세요."

어머니의 한숨과 함께 어느덧 수술실 문이 열리고 사라져 갔다.

텅!

문이 닫히자 유천이 굳은 얼굴로 발길을 돌렸다.

"후후, 진수, 지금 부도내고 도망갔어요."

어머니에게 한 말은 그저 안심시키기 위한 새빨간 거짓말이었다.

피식 웃으며 손에 주섬주섬 꺼내 든 건 한 장의 서류였다.

[외인부대 특수병과 지원 합격서]

"캬~ 젠장."

인상이 확 우그러졌다.

"그래, 삼 년만 버티자. 훈련 대신 실전이라 생각하고."

앙다문 입술에서 뜨거운 결심이 보인다.

그랬다.

어머니를 살리기 위해 그 무섭다는 프랑스 외인부대에, 그것도 목숨이 위태로운 특수부대에 지원한 유천이었다.

특수부대.

워낙 위험한 곳이라 다른 외인부대보다 월급도 훨씬 많았고 의무 복무 기간도 짧았다.

덕분에 평생 몸담으려 작정했던 공수특전부사관 생활을 접어야만 했다.

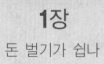

1장

돈 벌기가 쉽나

정확히 2년 11개월 후,

투투투투!

기관총 소리가 요란한 아프가니스탄에서도 탈레반이 극성을 부리는 분쟁 지역.

치열한 전쟁이 벌어지는 아프가니스탄, 거기서도 최전선이다.

참호 속에 구릿빛으로 탄 얼굴의 유천이 소총을 품에 안고 한 손에 든 야채빵을 우적우적 썹다가 무덤덤하게 입을 열었다.

"씨발 놈들, 더럽게 귀찮게 하네. 이봐, 기관총 준비해."

"알았어."

얼른 동료 외인부대원이 준비하자 말은 거칠어도 어느새 경기관총을 잡아간 유천이 망설임없이 방아쇠를 당겼다.

투투투투!

거친 반동이 이젠 익숙했다.

유천은 적들에게 한 줌의 자비도 없었다.

눈앞에 보이는 골수 탈레반은 적이다.

그중에서도 자신이 싸우는 건 잔인하기로 악명 높은 극렬 테러리스트들이다.

엄밀히 따지면 아프가니스탄 사람이 아니다.

자신의 종교를 위해서 타국인 아프가니스탄 사람들을 가차없이 죽이는 잔인한 인간들이다.

"썩을 놈들."

자신의 종교에 반한다고 사람을 죽이는 놈들을 생각하자 눈에 핏발이 섰다.

사람 목숨을 파리 목숨처럼 다루는 인간들이기에 싸우면서도 마음이 편했다.

결국 적이지만 한 치도 인정을 보일 필요가 없다는 얘기와 똑같았다.

덕분에 편안하게 방아쇠를 당길 수 있었다.

두두두두!

손과 가슴에 거친 진동이 오면서 탄이 연달아 적진으로 날아갔다.

바로 답례라도 하듯이 사방에서 총탄이 빗발치듯 날아왔
다.

퍼퍼퍽!

모래주머니로 만든 참호 위에 총탄이 무수히 박혔으나 눈
하나 깜짝하지 않고 방아쇠를 당기는 유천이다.

"새끼들이 반항을 해?"

유천이 더욱 살기 찬 시선으로 총탄이 날아오는 방향으로
거칠게 총부리를 겨눴다.

유천은 쉴 새 없이 쏟아지는 적의 총탄을 피해 기관총을 사
정없이 난사했다.

"죽어, 새끼들아!"

두두두!

온몸을 울리는 격렬한 진동이 참 좋았다.

그리고 확 풍기는 화약 냄새에 이어 우수수 쏟아지는 탄피
가 짜릿했다.

이 느낌은 아직 자신이 살아 있다는 신호이기에 더더욱 애
착이 갔다.

"이 맛이야!"

그때,

파파파팍!

몸이 들썩거렸다.

모래주머니에 박힌 적 총탄의 위력이 큰 탓이다. 적의 총탄이 빗발치듯 점점 더 많아지기 시작했다.

유천은 두려움보다 핏대를 곤두세웠다.

"오늘따라 쟤들이 약 먹었나, 왜 이렇게 저항이 심해?"

"헤이! 고개 숙여. 그러다가 대가리 날아간다."

살짝 겁먹은 동료의 말에 차갑게 면박 줬다.

"미친놈, 포탄 날아오면 이대로 고깃덩어리 될 거야?"

유천이 싸늘하게 대꾸하곤 적을 노려봤다.

말 그대로인 것이 저쪽에서 벌써 누가 포신을 이쪽으로 겨누는 모습이 보인다.

"저런 개자식이!"

바로 옆에 있는 저격총을 잡아 들고 번개같이 겨누는 유천이다.

죽느냐 죽이느냐 그것은 오로지 시간 싸움이었다.

조준과 동시에 발사.

목숨을 지켜주는 유일한 능력이다.

탕!

육중한 저격총의 충격이 어깨를 때리는 순간 총구에서 터져 나간 탄환이 맹렬하게 회전하면서 직선으로 쭉 뻗어 나갔다.

짧은 시차를 두고 저쪽에서 비틀거리며 쓰러지는 포사수의 모습이 보인다.

"빌어먹을! 만리타국에서 개죽음 당할 일은 없어."

그제야 한시름 놓은 유천이다.

다행히 저격총 사정거리 내에 있던 적이라 해치우기는 쉬웠다.

일발 명중.

단칼에 명중시키는 사격 솜씨만큼이야 외인부대에서도 알아주는 유천이다.

"브라보!"

고개를 숙인 동료 외인부대 요원이 엄지손가락을 추켜세웠다. 순간 한국말로 중얼거린 유천이다.

"미친 자식."

"뭐라고?"

"못 들었으면 넘어가."

얼른 프랑스 말로 바꾸는 유천이다.

훈련 때 배운데다 매일같이 프랑스 사람과 부대끼다 보니 기본적인 대화는 가능했다.

다만 한국어를 잊지 않기 위해 늘 혼잣말로 하다 보니 더딜 뿐이다.

사실 외인부대원은 프랑스말보다 기본적인 영어 회화가 필수였으나, 특수부대는 예외였다. 오히려 전투 기술을 더 중시했다.

가장 위험한 임무를 맡기 때문에 어학보단 전투 기술이 우선이었다.

그때였다.

저 멀리서 중대장이 외치는 소리가 들려왔다.

"오늘은 사령부 지시대로 적의 소굴을 쓸어야 한다! 모두 돌격 준비!"

어이없어 바라본 유천이 기가 막힌 듯 중얼거렸다.

"저 또라이 자식이 미쳤나?"

"내 말이 그 말이야."

동료도 경멸스러워하는 말투다.

중대장.

190이 넘는 키를 자랑하는 우람한 덩치이다.

그러나 중요한 건 이제 배속된 지 불과 일주일 된 햇병아리 중에 햇병아리다.

비록 계급은 상관이지만 여긴 외인부대, 그것도 특수부대였다.

경험 없는 지휘관을 인정하는 대원은 아무도 없었다.

"이 개새끼들아, 귀 먹었어? 돌격!"

다시 고래고래 악쓰는 중대장.

키 190의 거구가 듬직해 보였으나 지금은 아니었다.

전쟁을 모르는 지휘관은 부하들에겐 저주였다.

유천은 기가 막혔다.

여기서 적까지는 600여 미터에 이르는 개활지라 맨몸으로 달려야 했다.

그건 바로 적의 총구 앞에 나 죽여 달라고 노래하는 꼴이었다.

공명심에 눈이 어두워 돌격을 외쳤지만 중대원 누구도 호응하지 않았다.

이 치열한 전쟁터에서 살아남을 수 있는 건 스스로의 몸조심밖에 없었다. 옆에 있던 동료도 황당한 듯 말했다.

"항상 보면 신삥이 사고 쳐. 안 그래, 유천?"

"아가리 닥쳐라. 기분 영 안 좋다."

유천이 으르렁거렸다.

순간 찔끔한 동료였다.

유천의 무술 실력과 결단력은 외인부대원 사이에 소문이 쫙 퍼져 있는 상태였다.

동양인이라고 우습게보고 잘못 건드렸다가 벌써 병원 신세를 진 부대원이 지금까지 세 명이다.

물론 정정당당한 대결이기에 그 누구도 말리지 못한 탓이다.

특수부대원끼리는 서로 기분이 틀어지면 지휘관 앞에서도 주먹질을 하곤 했다. 그건 거친 외인부대 생활에서 용납되는 일이기도 했다.

그 싸움에서 단 한 번도 진 적이 없는 신화적인 존재가 유천이었다.

대신 한 가지는 분명했다.

유천과 파트너가 된 외인부대원 중 단 한 명도 죽어 나간 사람이 없다는 것이다. 기껏해야 경상이 다였다.

미신 아닌 미신이지만 생사를 건 전장에선 행운의 상징이 된 유천이었기에 동료 모두 유천과 파트너가 되길 원했다.

그런 유천의 눈빛이 중대장을 향해 번뜩이기 시작했다.

"돌격하란 말이야!"

저 멀리서 중대장이 아우성치자 동료 외인부대원이 싸늘하게 말했다.

"저 새끼 뒤통수를 날려 버릴까?"

"기왕이면 자동으로 갈겨."

반은 진심이다.

죽으라고 지시하는 상관이 곱게 보일 리 없었다.

"안 따르면 군법회의로 보내주마! 일어서!"

철없는 중대장이 마침내 화를 내며 앞으로 달려가기 시작했다.

자신이 돌격하면 어쩔 수 없이 다들 따라올 거란 판단 때문이다.

철컥.

순간 손에서 담배 한 개비를 꺼내 물고 지포라이터로 불을 붙인 유천이다.

"저러다가 뒤지지."

중얼거림이 채 끝나기도 전에 중대장의 머리에서 피가 튀었다.

펙!

적 저격병 총탄에 머리를 정통으로 관통당해 몸이 기괴한 각도로 꺾인 채 비틀거리다 피투성이로 맥없이 쓰러진다.

쿵!

고래고래 소리치던 중대장은 이젠 없다.

"쯧쯧."

유천이 고개를 저으며 다시 기관총을 잡고 무차별적으로 적들에게 난사하기 시작했다.

적어도 지휘관이 죽었기에 당연히 보복 사격은 해야 했다.

아니면 골치 아픈 일이 일어나기 때문이다. 지휘관이 전사한 이상 대응사격은 필수였다. 어떤 골치가 아픈 일이 생기는지요?

투투투!

"탄통 바꿔!"

유천의 고함에 동료 외인부대원이 얼른 탄통을 갈아치웠다.

유천은 쉴 새 없이 난사하기 시작했다.

앞에 있던 적의 진지에 기관총탄이 마치 불꽃놀이 하듯 수놓았다.

아름답지만 죽음의 손짓.

적도 무차별 난사에 고개를 들지 못하고 바위 뒤에 엄폐한 모습이다.

공연히 객기 부리다 죽을 수도 있을 만큼 빗발치는 총탄세례였다.

철컥.

마지막 탄환까지 쓰자 유천은 바로 고개를 숙였다.

투투투!

바로 머리 위로 총알이 빗발치듯이 날아든다.

유천은 일상처럼 담담한 표정으로 주머니에 손을 넣었다.

"담배 한 대 피울래?"

유천의 말에 동료가 끄덕이자 얼른 담배 한 개비와 지포라이터를 던져준 유천이다.

착.

동료가 담배를 입에 문 채 말했다.

"이 지겨운 전선에서 언제쯤 빠져나갈까?"

"제대 날짜 되면."

"아까 중대장이 돌격하라는데 왜 안 했어?"

"아직 죽고 싶지 않거든."

유천이 고개를 저었다.

보나마나 중대장은 상부로부터 적 소굴을 토벌하라는 지시를 받았음이 분명했다.

유천은 담배 연기를 길게 뿜으며 속으로 생각했다

'한 달 남았어.'

한 달 동안은 떨어지는 가랑잎에도 몸조심해야 될 처지였다.

'풋, 한국에서 제대 말년 병들이 하는 소리를 내가 할 줄이야.'

씁쓸한 웃음마저 감돌았다.

이제 한 달만 지나면 이 지옥을 떠나 어머니 치료비를 제외하고도 남을 거금을 들고 고국으로 들어갈 수 있었다.

'서울은 잘 있나 몰라.'

어느덧 아까의 치열한 싸움을 잊어버린 유천이다.

"그나저나… 중대장은 어쩌지?"

동료가 걱정스레 물었다.

가만히 바라보던 유천이 소총을 들고 일어서려 했다.

"뭐하려고?"

기겁한 동료였다.

"중대장 시신은 가져와야지. 저러다 포탄이라도 맞으면 바로 걸레잖아."

"왜?"

"저 인간도 부모님이 있잖아? 게다가 수당도 있고."

"수당? 너 미쳤어?"

"씨팔 놈이 누굴 정신병자로 알아."

유천이 인상을 찡그리자 찔끔하면서도 동료가 한마디 했다.

"돈도 좋지만 목숨이 더 중요해."

"나한텐 둘 다 중요해."

담담한 유천의 말에 질린 동료이다.

함께 싸우다 보면 유천의 간담에 하루에 몇 번씩은 기가 막혔다.

그러나 유천도 바보는 아니었다.

이미 날이 어두워 사방이 짙은 흑색으로 변한 후란 걸 감안한 후였다.

조심히 움직인다면 적이라도 발견하기 힘들었다.

'적에게 야간투시경이 없는 게 행운인가?'

씩 웃는 유천의 얼굴이 점점 더 어둠을 닮아갔다.

중대장이 쓰러진 곳은 참호에서 불과 3미터가량 떨어진 곳이다.

가깝다면 정말 가까운 거리였지만 고개만 내밀어도 반군 저격총탄이 머리를 향해 날아올 게 분명했다.

꿀꺽.

유천은 침을 삼켰다.

그냥 가져오라면 죽어도 하지 않을 것이다.

하지만 아군의 시체를 가져오면 3천 달러의 특별 보너스가 있다.

그리고 노련한 전장 경험은 이 정도는 능히 해낼 수 있다는 자신감을 주었다.

유천은 얼굴에 위장 크림을 잔뜩 발랐다.

슥슥.

어느새 다가와 옆에서 바라보던 동료가 한마디 한다.

"괜찮겠어?"

유천은 아무 말 없이 까맣게 변한 얼굴로 씩 웃었다. 하얀
이빨만이 보이자 동료들이 머리를 흔들었다.

"간다."

유천은 총을 내려놓고 천천히 참호 위로 올라갔다.

얼마나 천천히 올라가는지 보는 사람이 복장이 터질 정도
이다.

그러나 동료들은 아무런 말도 하지 않았다. 이렇게 하지 않
고서야 곧바로 움직임이 간파되어 총알이 날아올 게 분명했
다.

유천은 그야말로 거북이가 기어가듯 천천히 참호 위로 올
라갔다.

참호 위로 올라가는 데만 무려 10분이 걸리는 엄청나게 느
린 속도였다.

올라가자마자 유천은 천천히 앞으로 기었다.

'한 시간에 1미터.'

유천이 마음속으로 정한 속도이다. 그 정도 속도라면 아무
리 유능한 저격수라고 해도 알아보기 힘든 움직임이다.

슥슥.

세 시간이 걸려 3미터를 전진해 죽은 중대장 워커를 잡을 수 있었다.

스으윽.

반대로 천천히 뒤로 움직이는 유천이다. 유천은 두 시간이 걸려 불과 1미터를 후퇴했다.

시체를 끄는 건 더욱더 조심해야만 했다.

이제 참호와 남은 거리는 2미터. 유천은 전방을 매섭게 노려봤다.

지금쯤이면 적 저격수도 약간 긴장을 풀 시간이다.

"3초."

유천이 벌 수 있는 시간이다. 단 3초면 저격수가 유천을 발견하고 쏠 수 있었다.

"찻!"

유천은 벼락같이 일어서서 중대장의 시체를 두 손으로 번쩍 안아 들고 참호 위로 내달렸다.

쿵!

참호에 떨어지자마자 곧바로 총성이 들렸다.

탕!

바로 참호 위로 박히는 총알은 여지없이 유천이 달려왔던 흔적 그대로를 직격했다. 그런 유천을 바라보던 동료들은 질겁한 표정이다.

"지독한 놈."

유천은 어느새 옆에 있는 소대장을 바라보았다. 전공이고 나발이고 간부 시신을 가져오면 받는 금액이 우선 관심사였다.

"3천 달러 언제 입금됩니까?"

"내일 오전이면 입금될 거야."

소대장이 담담하게 답했다.

몇 번 본 유천의 모습이기에 익숙한 얼굴이다.

유천은 말없이 고개만 끄덕였다.

생명을 건 모험이라고 남들은 생각할지 모르지만 유천에게는 아무것도 아니었다.

방심만 하지 않는다면 가능했다.

물론 재수가 더럽게 없다면 미처 후회하기도 전에 죽을 일이기에 생각할 겨를도 없다.

"돈 벌기 쉬운데?"

빙글빙글 웃는 유천을 보며 동료들은 마치 괴물 보듯이 바라봤다.

그때 비교적 친한 프랑스 출신 동료 하나가 유천에게 물었다.

"그렇게 죽고 싶어?"

"아니, 살고 싶지."

"그런데 왜 무모한 짓을 했어?"

"하나도 안 무모하거든. 통상 저격수가 움직이는 동선을 보고 쏘는 데는 3초가 걸려. 그동안에 뛰어오면 될 거 아니야."

"그러면 참호에서 뛰어서 가면 되잖아?"

"3초 넘어."

유천의 짤막한 대답에 동료는 더 이상 말하지 않았다.

다음 날도, 그다음 날도 여전히 반군과의 대치는 지속되었다.

유천은 지루하다는 생각이 전혀 들지 않았다.

이렇게만 질질 끈다면 곧 외인부대와 계약한 날이 끝나기 때문이다.

"아주 좋아."

유천은 틈나는 대로 기관총을 쏴대며 밥값만 할 뿐이었다.

다른 동료들도 마찬가지였다.

그들도 목숨이 아까운 걸 아는 터라 함부로 돌격하는 불상사는 저지르지 않았다.

결국 죽은 중대장만 불쌍할 뿐이다.

다행히 소대장도 노련한 실전 경험이 있는 탓에 외인부대원을 전진시키려는 무식한 주문만은 하지 않았다.

외려 무전기에 고함만 쳤다.

"지금 개활지입니다. 무모한 돌격은 곧 전멸입니다. 다 죽으면 누가 진지를 지킵니까?"

상부에서 아무리 빗발치듯 지시가 들어와도 소대장은 끄
덕도 하지 않았다.

"소대장은 쓸 만하지?"

유천이 말하자 동료가 고개를 끄덕였다.

"저 인간도 살아야지."

"내 말이 그 말이야."

빙긋 웃는 두 사람의 얼굴에 만족감이 떠올랐다.

그러나 세상이 유천의 생각대로 돌아가는 건 아니었다.

일주일이 지난 후 마침내 상부로부터 살벌한 지시가 떨어
졌다.

"내일 밤 00시를 기해서 반군 진지를 급습하란 명령이다.
이번에도 거부하면 징계란다."

소대장이 굳은 목소리로 말하자 유천이 얼른 물었다.

"우리끼리요?"

"아니, 포격 지원도 있으니까 그 틈을 통해서 전진하면
돼."

"여러 명 죽겠군."

유천이 투덜거렸으나 소대장은 못 들은 척 고개를 돌렸다.

"전원 그때를 준비해서 푹 쉬도록."

소대장도 그리 좋지 않은 표정으로 옆으로 사라졌다. 소대

원들만 달랑 남자 다들 인상을 구겼다.

"에이, 젠장. 잘 넘어가나 했더니만."

유천은 그들의 투덜거림에 전혀 신경 쓰고 싶지 않았다. 이제부터는 오로지 살기 위해서 움직여야 될 시간이다.

물론 제대가 한 달도 안 남았는데 이런 일이 생기자 유천의 얼굴색이 좋을 리 없었다.

"내가 무슨 프랑스 국민도 아니고."

이 특수병과인 외인부대를 삼 년만 무사히 보내고 제대하면 프랑스 국적을 얻을 수 있었다.

다른 평범한 외인부대원은 5년을 복무해야 얻을 수 있는 프랑스 영주권을 무려 이 년이나 단축됐다.

그 정도로 위험한 부대였다.

하지만 유천은 오로지 살아 돌아가 어머니를 상봉하는 일이 희망이었다.

유천이 하는 일 중에 가장 성실한 것이 편지였다.

어머니가 걱정할까 봐 일주일에 한 통씩 꼬박꼬박 편지를 보냈다.

오랜 시간 떨어져 있는 터라 걱정을 조금이나마 덜기 위해 시작한 일이다.

다행히 틈틈이 어머니의 소식을 들었다. 치료가 성공적으로 돼 천천히 회복 중이란 소식만이 유천의 유일한 기쁨이었다.

"이번만 지나가면 제대 날이 코앞인데."

돌격 명령을 받자 갈등이 생기며 그대로 집으로 돌아가고 싶은 마음이 굴뚝같다. 총알에는 눈이 없다.

아무리 생각해도 이번 작전은 너무도 위험했다.

그러나 탈영은 곧 파멸이다.

외인부대의 집요한 추적은 둘째치고 개고생해서 번 돈 중 땡전 한 푼도 받기 힘들다.

이 생각이 유천의 발목을 잡았다.

"제길, 막판에 뭐 밟은 기분이네."

유천은 곧 생각을 정리하고 어떻게 해야 살아갈 수 있는지만 연구했다.

뚫어져라 돌격할 지점의 지형만 머릿속에 담았다.

생각에 생각을 거듭하는 사이 시간은 흐르고 흘러 마침내 작전 개시 5분 전이 됐다.

소대장이 굳은 표정으로 소총을 움켜잡고 소대원들에게 말했다.

"반군의 수는 50여 명으로 추산되니까 모두 조심하도록."

"총이 50자루란 얘기네."

한 소대원이 투덜거리자 소대장은 곧바로 인상을 구기고 말했다.

"포격 지원이 시작될 때 앞으로 전진하는 게 이번 작전의 개요다."

"재수 없으면 눈먼 포탄에 맞아 죽겠네요."

"외인부대의 포병술을 못 믿나?"

"맨날 술 먹는 놈들을 뭘 보고 믿겠습니까?"

소대원의 볼멘소리가 틀린 말도 아니다.

외인부대 포격부대원들은 후방에 있다는 이유만으로 술판을 벌이는 건 흔한 일이다.

다른 모든 외인부대원이 알고 있는 사실이기도 했다. 소대장은 모른 척하고 일단 시계를 본다.

째각째각.

시계가 정확히 자정을 가리키자 마침내 굉음이 들리기 시작했다.

쾅!

반군 진지 쪽으로 수많은 포탄이 날아가며 어두운 밤하늘을 밝히기 시작했다.

2장

변화의 시작

　반군 진지에 폭죽놀이라도 하듯 여기저기서 섬광이 번뜩였다.

　"돌격!"

　소대장이 말하자 외인부대원 모두가 일제히 앞으로 전진하기 시작했다.

　타탁.

　뒤엔 어느새 왔는지 외인부대 독전대가 있다.

　뒤로 도망가는 사람이 있으면 가차없이 체포하는 것이 그들의 임무였다.

　유천도 그걸 알고 있기에 미련없이 소대장을 따라 앞으로 전진했다.

"최대한 안전하게."

오늘 유천의 목표였다.

유천은 엄폐물을 이용해서 날렵하게 몸을 움직였다.

쾅! 쾅!

연신 포격이 터졌지만 반군들도 보통내기는 아니었다. 그들도 오랜 전투 경험이 있는 탓인지 곧바로 소총을 들어 사격을 시작했다.

타다다닥!

"전원 속보로 돌격하라!"

소대장의 지시에 화답하듯 앞으로 수많은 총탄이 날아들기 시작했다.

"크헉!"

처음으로 비명 소리가 들리며 한 외인부대원이 몸을 비틀거리며 쓰러지는 모습이 보인다.

유천은 그런 것은 신경 쓰지도 않고 앞으로 전진하기에 바빴다.

탁탁.

지금은 남 걱정할 때가 아니란 걸 누구보다 잘 알고 있다.

총알엔 눈이 없단 걸 상기한 채 사각을 찾아 헤맸다.

물론 엄폐물을 이용하여 전진하며 위험을 최소화하고 있었다.

다른 외인부대원들이 투덜거리는 동안 유천은 돌격 지형을 살펴보며 엄폐물이 어디를 향해야 되는지를 하나둘씩 수첩에 기록하고 머릿속에 기억했다.

그런 탓인지 유천은 요리조리 총알을 피해서 점점 전진하고 있었다.

반군 진지도 말은 아니었다. 계속되는 포격으로 반군들은 정신 차리기도 힘든 모양이다.

"사격!"

소대장이 외치자 30미터 앞까지 전진했던 외인부대원들이 사정없이 방아쇠를 당겼다.

요란한 총성이 울리며 반군 진지를 향해 외인부대원들의 가차없는 총알세례가 퍼부어졌다.

"크악!"

하얀 터번을 쓴 반군들이 하나둘씩 쓰러져 갔다.

솔직히 사격 솜씨에서는 외인부대를 따라올 수 없는 반군들이다.

움직이면서 쏘는 외인부대원들의 사격은 놀랍도록 정확했다.

하얀 터번이 보이기만 하면 집중 사격을 퍼부었다.

"크윽!"

쓰러지는 반군들이 점점 더 늘어났다.

"뛰어."

마침내 동굴 속으로 진입해 들어가는 외인부대원들이다.
유천은 정확히 중간 부분에서 움직였다.

"군대는 줄이야."

앞서 달리는 공명심은 절대 사양이다.

그 마음이 여태껏 살아온 배경이기도 했다.

쾅! 쾅!

수류탄으로 전면을 제압하면서 전진하는 외인부대원들이
다.

일단 반군 진지에 들어서자 상상외로 저항은 그렇게 크지
않았다.

"이거 웬일이야. 50명이 이렇게 적나?"

외인부대원들은 고개를 갸웃거렸지만 나쁜 일은 아니었
다. 다만 죽기를 각오하고 돌격한 결과치곤 조금 허무했다.

그렇게 하나둘 반군 숙소를 기습해 나갔다.

서너 명의 반군은 급히 나오다 말고 사살되기 일쑤였다.

이후 반군은 모조리 제압되어 더 이상 총을 쏠 이유가 없었
다.

"왜 이렇게 간단하지?"

고개를 갸웃거리는 유천에게 동료가 어깨를 툭 쳤다.

"마침 반군들이 모여서 회의하는 데 포탄이 정확히 떨어졌
나 봐. 거기서 반수 이상이 죽어버렸어."

"그런 일이……."

"전부 다 지휘관급이어서 반군들이 미처 저항할 틈도 없었지."

그때서야 사태가 이해된 유천이 고개를 끄덕였다. 노련한 전사이자 지휘관들이 폭사한 이상 반군들이 격렬한 저항을 하기는 어려웠다.

유천이 슬쩍 비아냥거렸다.

"포병들도 일 좀 하네."

"내 말이."

동료가 하얀 이빨을 드러내며 싱긋 웃었다.

유천은 그때서야 안심하고 천천히 걸어가기 시작했다.

그런데 유천의 귀에 고함 소리가 들렸다.

"안 돼!"

분명히 아프간 언어였다.

유천은 여자 목소리에 고개를 갸웃거리며 얼른 나무로 만들어진 문을 열었다.

그러자 안에서는 색다른 광경이 벌어지고 있었다.

반군 한 명이 가슴에 총탄을 맞고도 손을 뻗어 절규했다.

"안… 돼!"

시선을 돌리니 젊은 여자가 동료 외인부대원의 몸 밑에 깔린 채 발버둥치고 있다.

그 옆에는 아이가 놀란 듯 바라보며 멍하니 앉아 있다.

"누, 누나."

"가만… 있어. 소리치면… 죽어."

젊은 여자는 성폭행의 위기 속에서도 동생의 생명을 걱정
했다.

그 통에 반항다운 반항도 못한 채 속수무책으로 당하는 처
지였다.

찌익.

속치마가 찢겨져 나갔다.

은밀한 부위가 적나라하게 드러나자 외인부대원 눈이 휙
돌아갔다. 입이 쭉 찢어지며 손이 바르르 떨렸다.

"이런 횡재가."

서둘러 바지를 내리는 모습이 유천의 눈에 고스란히 투영
됐다.

번쩍.

눈에 불이 튀었다.

유천은 순간적으로 어릴 때의 모습이 투영되는 느낌이었
다. 그 생각이 들자 유천은 바로 동료에게 말했다.

"그만."

"어떤 자식이… 어?"

동료 외인부대원이 흠칫한다. 그는 이제 들어온 지 불과 6개
월도 안 된 신참 대원이다.

그도 유천이 얼마나 무서운 사람인지를 알기에 얼굴 표정

이 묘했다.

유천이 조용히 그에게 말했다.

"나가."

동료 외인부대원이 잠시 주춤거리자 유천이 바로 목덜미를 후려잡았다.

금방이라도 손에 힘을 줘 목을 꺾을 기세다.

"죽고 싶냐?"

"아, 아닙니다."

"꺼져."

단호한 유천의 말에 외인부대원이 주춤거리며 밖으로 나갔다.

물론 눈빛에서 사나운 빛이 나오는 걸 본 유천이 한마디 쏘아붙였다.

"너 그러다가 뒤통수에 총알 들어간다."

"아닙니다. 죄송합니다."

놀라 얼른 도망가는 동료 외인부대원이다.

유천의 악명은 이미 동료들에게 익히 퍼져 있었다. 전장의 유령이란 닉네임을 지닌 유천에게 신참이 감히 엉길 군번이 아니었다.

탁.

석실 문을 닫고 유천이 여자를 바라보았다.

아프가니스탄에는 미녀가 많았다. 서구적이면서도 오밀조

밀한 이목구비를 가진 여자는 겁에 질려 있자 더욱 매력적이었다.

군복 입은 남자라면 눈 돌아갈 미모임은 분명했다.

거기다 옷이 부분부분 찢어져 보일 듯 말 듯한 은밀한 부위와 하얀 가슴.

혀끝이 바짝 마르는 기분이다.

"미치겠네."

유천은 중심부가 묘한 진동을 일으키며 남자의 본능이 발동되는 걸 느끼곤 소스라치게 놀랐다.

그도 그럴 것이, 오랜 외인부대 생활로 여자 구경한 지도 오래됐다.

이성을 누르고 욕망이 살살 올라오자 유천이 생각을 바꿨다.

'동해물과 백두… 씨팔.'

얼마나 본능이 강한지 속으로 부르는 애국가 가사도 제대로 기억나지 않았다. 여인의 자태가 너무도 섹시했다.

옷가지로 은밀한 부위만 겨우 가린 모습.

원래 보일 듯 말 듯함이 더더욱 욕망을 부채질하게 마련이다.

다시 한 번 욕망이 꼬드기자 유천이 스스로 뺨을 쳤다.

쫙.

그 모습에 젊은 여자가 더더욱 두려운 표정으로 변했다.

'주접은.'

남자의 본능은 자연스럽다지만 그걸 억제하는 건 이성이다.

머리에 찬물을 가득 뒤집어쓴 기분이 든다.

이대로 본능에 지면 인간 말종이란 기억으로 평생을 살아야 할지도 모른다.

더구나 성폭행은 외인부대 군법상 현장에서 총살형이라고 수도 없이 읊었다.

물론 죽느냐 사느냐가 중요한 이 판국에 성폭행 같은 일탈은 흔했다.

생사를 같이하던 전우를 고발할 외인부대원은 없기에 어쩌면 신병의 불만도 여기에서 출발할지도 몰랐다.

그때 꺼져 가는 목소리가 들렸다.

"우리 동생 살려주… 시오. 저 아이… 는 반군이 아니라… 날 보러 온 것이오. 큭."

가슴에서 피를 흘리던 반군이 마지막 힘을 다해 말한 듯 이내 고개가 떨어졌다.

"오빠!"

절규하는 여인.

겨우 정신을 차린 유천이 상황을 판단했다. 여자를 보니 반군은커녕 권총이나 들 힘이 있을까 의심스러운 나약한 몸이다.

거기가 어린아이까지 보니 경험상 확신이 들었다.

"괜찮아요?"

"……."

귀에 익숙한 아프간어에 여자가 흠칫한 표정이다.

"이 짓도 오래하다 보니까 언어도 배우게 되더라고요."

"저를 어쩌실 생각… 이신… 가요?"

"여긴 어떻게 왔습니까? 오빠 보러요?"

"네."

떨리는 여자의 목소리에 유천이 고개를 저었다.

"별 생각 없습니다. 그냥 여기 있든지, 아, 혹시 탈출구 없습니까?"

"……."

경계하는 여자 표정을 보고 유천이 한마디 했다.

"이미 반군들은 다 죽었습니다. 당신도 죽고 싶습니까?"

"……."

그때서야 눈물이 살짝 고인 여자를 보고 유천이 말했다.

"이대로 있으면 우리 동료들이 가만두질 않을 겁니다. 몇 명이 총에 맞아 이미 독이 잔뜩 올랐거든요."

"어쩌라는 거죠?"

"통로가 있으면 도망가라는 얘기죠."

"왜 저에게 호의를 베풀죠?"

"쟤 때문에."

유천이 어린아이를 가리켰다.

"그게 무슨……."

"애가 뭘 배우겠습니까? 시간이 없어요. 어떻게 할 거요?"

"저를 보호해 줄 수 있나요?"

"잠시 동안만요."

그때서야 여자가 결심한 듯 자리에서 벌떡 일어섰다. 그런데 유천이 잠깐 제지했다.

"잠깐만요."

"무슨?"

여자가 주춤거렸으나 유천은 미소를 잃지 않았다.

제지한 건 여자 주변에 있던 석함이 눈에 들어왔기 때문이었다. 살짝 미인에게 친절을 베풀었다.

"저것도 가져가셔야죠."

유천이 냉큼 석함을 집어 건네자 여자가 갈등 섞인 표정으로 잠시 바라보더니 묘한 눈빛으로 말했다.

"가지세요."

"이게 뭔데요?"

"좋은 거예요. 가지세요."

"뭐, 그럴까요?"

석함은 크지 않았기에 유천은 얼른 군복 건빵 주머니에 집어넣었다.

그리고는 밖으로 나가 사방을 훑어보았다. 동료 외인부대원들은 모두 저쪽에 모여 이쪽은 신경도 쓰지 않고 있었다.

유천이 얼른 말했다.

"어서 도망가요."

마침 구부러진 통로 끝 방이었기 때문에 외인부대원들은 움직이는 유천과 여인을 볼 수는 없었다.

여인은 곧바로 끝으로 가더니 살짝 벽을 만졌다. 그러자 사람 하나 겨우 지나갈 만한 통로가 보였다.

"풋."

유천은 빙긋 웃었다.

반군들이 도망가려고 만든 비밀 통로로 보였다.

그러나 도망갈 반군은 하나도 없고 오로지 여자와 아이만 있었다.

"조심해서 가요. 다시는 이런 데 오지 말고요."

유천은 외인부대로 들어와서 처음으로 자비를 베푸는 기분이 그다지 나쁘지 않음을 느꼈다.

여자에게 총이나 무기가 있었으면 절대 이런 자비를 베풀지 않았을 것이다.

하지만 여자는 맨몸이었다. 게다가 반군 진지에 있었지만 꼭 반군이라도 보기도 애매한 그런 몸이었다.

여인은 유천을 보고 고개를 살짝 숙였다.

"고마워요."

"얼른 가요."

"그리고 석함……."

여인은 뭔가를 말하려다 말고 말꼬리를 흐렸다.

"석함이 뭐요? 돌려줄까요?"

유천이 묻자 여인이 갑자기 돌변했다. 아까까지의 두려운 눈빛은 온 데 없이 사라지고 지극히 냉정한 말투로 말한다.

"당신의 운명."

"네?"

"두고 보면 알 거에요."

그 말을 마지막으로 얼른 비밀 통로로 사라지는 여인과 아이였다.

갑작스런 여인의 태도 변화에 유천이 고개를 갸웃거리다 냉정하게 상황 판단을 내렸다.

반군 진지에 나약한 여인과 아이.

도무지 앞뒤가 맞지 않았다.

정신이 번쩍 든 유천이 얼른 여인과 아이가 사라진 비밀 통로를 밀었다.

그런데 돌벽은 꿈쩍도 하지 않았다.

몇 번이고 시도하던 유천이 황당한 얼굴로 변했다.

"지금 헛것을 본 거야? 긴장해서 다른 곳을 짚었나?"

고개를 갸웃거렸지만 깊이 생각하지 않고 곧 엉뚱한 상상에 빠졌다.

아무래도 미인을 본 후유증은 그리 쉽게 치료되지 않을 듯

했다.

"살 떨리게 몸매 좋던데."

저런 미모는 세상에서 흔히 볼 수 없단 걸 알기에 입맛이 썼다.

"잘했나? 잘했다고 치자."

저벅저벅.

유천이 돌아 나오자 먼저 나갔던 신참이 물었다.

"여자는 어떻게 됐습니까?"

"몰라도 돼."

딱딱한 유천의 말에 더 이상 묻지 않는 신참이다. 그저 머릿속으로 상상할 뿐이다.

어느새 옆으로 다가온 소대장이 한껏 달아오른 목소리로 승리를 노래했다.

"자, 모두 철수한다. 소탕 완료."

"와아!"

소대장의 기쁜 목소리에 외인부대원들의 함성이 이어졌다. 곧 하나둘씩 동굴 밖으로 걸어가기 시작했다.

척척.

어두침침한 동굴 속에 있다 보니 그다지 공기도 좋지 않고 기분마저 좋지 않았다.

더군다나 반군들의 시체에서 나는 피비린내로 역겹기도 했다.

"살았어."

유천은 뛸 듯 기뻤다.

이제 제대 날이 코앞으로 다가선 즐거움을 아무와도 나누고 싶지 않았다.

다시 진지로 돌아온 유천은 동료들과 흥겨운 승전 기념 맥주 파티를 열었다.

"마셔!"

"오늘 죽자!"

다들 승리에 취해 술을 들이부었다.

맥주에 양주를 같이 걸쳐 거나하게 취한 유천은 아직도 술독에 빠져 있는 동료들을 뒤로하고 조용히 빠져나왔다.

그 여자는 뭘까?

돌벽 틈으로 사라진 여인에 대한 호기심이 영 지워지지 않았다.

털썩.

커다란 바위에 앉은 유천이 석함을 꺼내 들었다.

"속에 뭐가 들었지? 금? 다이아몬드?"

여자가 마지막으로 보인 눈빛이 영 마음에 걸렸지만 호기심을 이길 수는 없었다.

유천은 조심스럽게 석함 뚜껑을 열었다.

그러나 뚜껑은 아무리 힘을 줘도 열리지 않았다.

"뭐야?"

살짝 짜증이 치민 유천이 권총을 잡았다.

혹시 몰라 소음기를 단 후 미련 없이 방아쇠를 당겼다.

푸슝.

석함 가운데를 정확히 강타한 탄환이다.

마침내 석함에서 연기가 피어오르더니 이내 힘없이 열렸다. 가장 단순한 해결책이기도 했다.

"어디서 개기고 있어."

유천이 만족스런 미소를 지으며 석함을 활짝 열었다.

그런데,

확!

찬란한 빛.

동공으로 감당하기 힘든 느낌과 함께 눈알이 타들어가는 느낌이 들었다.

본능적으로 손으로 눈을 감쌌지만 워낙 빛이 강했다.

'부비트랩이었나?'

유천은 아주 잠깐 후회했다.

점점 고통이 심해지자 온몸을 부르르 떨었다. 이대로 죽을 것 같은 두려움이 들었지만 기를 쓰고 몸을 돌리려 발버둥 쳤다.

"끅!"

견디다 못해 비명을 지르며 유천이 꼬꾸라졌다.

그리고 그대로 정신을 잃었다.

빛은 여전히 유천 몸을 감아 돌며 귀와 코 등 틈새로 쏜살같이 밀고 들어갔다.

얼마나 순식간에 일어난 일인지 그야말로 찰나였다.

이윽고 빛이 흔적도 없이 사라졌다.

그런데 더 놀라운 건 아무도 그 빛을 보지 못했단 사실이다.

빛은 광채를 발하되 사람의 눈에는 보이지 않을 신비로움마저 간직하고 있었다.

"여긴……."

유천은 여인과 아이를 만났던 석실 안에 깜짝 놀란 표정으로 서 있다.

어찌 된 영문인지 몰라도 분명히 그 자리였다.

약간 당황한 유천이 시선을 돌리려는 순간이다.

꽝!

"크윽."

머릿속에서 번개가 치는 느낌이 들어 자신도 모르게 그 자리에 주저앉았다. 감당하기 힘든 충격파가 머리를 연속으로 친다.

한동안 이어진 고통에 서서히 지쳐갈 무렵, 마치 환상처럼 이미지가 뇌리에 새겨지는 기분이다.

생전 들도 보도 못한 광경이 파노라마처럼 펼쳐졌다.

살기에 가득 찬 열 명의 남자가 영화에서 흔히 보던 긴 옷을 입고 싸우는 장면이다.

이유는 모르지만 무섭고도 처절한 싸움이다.

한 사람을 공격하는 나머지 아홉 명.

콰르릉!

그들이 움직일 때마다 바위가 깨지고 땅이 갈라졌다. 인간이되 인간의 능력이 아닌 자들의 전쟁이었다.

협공당하는 한 사람.

지극히 태연한 얼굴이지만 분노마저 감추긴 힘들었다.

"%$#$%@!"

고함 소리가 들렸지만 도무지 알아들을 수 없는 언어이다.

섬광이 번뜩이면 폭음이 들리고, 사람이라고 하기엔 너무나 빠른 움직임과 파괴력에 주변 경관이 순식간에 폐허로 변해갔다.

유천이 몸을 떨었다.

"인간 맞아?"

한 대만 맞으면?

뼈도 추스르기 힘든 살벌한 모습이다.

목숨을 건 싸움이지만 차라리 눈물 나도록 아름다운 장면에 유천은 자신도 모르게 빠져들어 멍하니 볼 뿐이다.

유천은 자신도 모르게 손발을 써서 그들의 동작을 흉내냈다.

강한 힘이란 남자라면 동경해 마지않은 일이기에 하나라도 배우고픈 마음이었다.

움직이면 움직일수록 저들의 동작이 마음에 쏙 들었다.

번쩍.

장면이 변해 한 금발노인이 유천이 본 석함을 손에 들었다.

안개처럼 자욱한 무언가가 점점 시야를 가려 무엇을 하는지 볼 수가 없었다.

유천이 호기심을 이기지 못해 다가서려는 순간 심장이 멈출 정도의 충격이 왔다.

"……"

어느새 가까이 다가선 금발노인의 시선과 정통으로 마주쳤다.

깊고 푸른 눈빛은 가공스러울 정도로 두려웠다. 배짱으로 버티려 했으나 감당할 무게가 아니었다.

뚜벅.

금발노인이 한 걸음씩 다가서더니만 마치 한 몸처럼 유천을 투과했다. 그 순간 몸에서 뭔가가 폭발하는 기분이 들었다.

놀라 배를 내려다보던 유천에게 목소리가 들렸다.

─버티거라.

그리곤 안개처럼 사라졌다.

"뭐야?"

유천이 어이없어 바라보다 인기척에 고개를 홱 돌렸다.

바로 눈앞에서 유천보다 족히 두 뼘은 커 보이는 거한이 살기등등한 모습으로 공격해 왔다.

보통 사람이라면 살 떨리는 순간이었으나 유천은 피식 웃었다.

"싸움은 덩치로 하는 것이 아니지."

거한이 아무 말 없이 손을 뻗어 자신의 심장을 노려온다.

"지랄."

유천은 온 힘을 다해 거한과 당당히 맞서 싸웠다.

두려움. 외인부대에 온 이후로 깨끗이 지워 버린 단어이기에 강인한 의지로 맞부딪쳤다.

살이 부딪치고 주먹으로 면상을 후려 팼다.

퍽퍽!

쇳덩이 같은 몸에 주먹이 마주치자 통증이 밀려왔으나 유천은 연이어 뻗었다.

"해보자 이거지?"

심장이 터질 듯한 긴장감이 감돌았다.

퍽!

유천이 급소를 쳤지만 거한은 끄떡도 하지 않았다. 오히려 더 강한 힘으로 유천을 잡으려 몸을 움직였다.

"어딜."

유천이 날렵하게 피하며 발로 명치를 찼다.

"제길."

정확히 쳤건만 거한은 움찔할 뿐 별다른 데미지를 입은 기색이 아니다.

입이 말라갔다.

"불공평하잖아."

다음 순간 유천이 피식거렸다.

"싸움에 무슨 룰이 있나?"

이긴 자가 장땡이다.

피 튀기는 싸움이다.

거한은 유천의 모든 싸움 기술을 무시하고 오로지 힘으로 밀고 들어왔다.

힘에 밀려 쓰러질 위기를 수도 없이 넘기며 유천은 계속 싸워야만 했다.

다리가 후들거려 그대로 쓰러지고 싶었다.

전력으로 힘을 쓴다면 보통 사람이라면 3분이면 기진맥진한다.

고된 훈련으로 단련된 유천이라도 십 분이 넘어서자 숨이 턱에 찼다.

그렇다고 손을 놓으면 바로 거한의 손에 잡혀 목이 꺾일 판이다.

울며 겨자 먹기로 물에 젖은 솜처럼 무거운 몸을 기를 쓰고 움직였다.

"이대로 죽을 수는 없어."

번뜩 떠오른 생각 하나에 마음을 다잡았다.

한국에는 애타게 기다리는 어머니가 있다.

자신이 없다면 세상 누구도 그녀를 돌봐줄 사람이 없었다.

그 생각이 들자 정신이 번쩍 든 유천은 오히려 거한을 도발했다.

"덤벼, 이 자식아!"

"크학!"

거한이 고함을 지르며 유천에게 달려들었다.

퍽퍽!

유천은 벽을 때리는 기분으로 연신 결정타를 날렸다. 그래봐야 거한은 잠시 움찔거릴 뿐 여전히 살기등등해 달려들었다.

점점 더 지쳐가던 유천은 금방 쓰러져도 고개가 끄덕여질 만큼 힘들었다.

바로 그 순간이었다.

뇌리에 천둥처럼 금발노인의 목소리가 들렸다.

―두 손을 모으고 받아들여라.

뚱딴지같은 소리에 유천이 이를 갈았다.

금방이라도 거한이 자신의 몸을 찢을 위기 상황에선 믿기 힘든 이야기였다. 그러나 한편으론 믿고 싶었다.

이미 기력이 다했기에 유천은 미친 척 그 말을 따랐다.

"이판사판이야."

두 손을 모으자 처음엔 아무 반응이 없었다.

"뭐야?"

유천이 인상을 찌푸리는 사이 갑자기 변화가 생겼다.

온몸에서 찬란한 빛이 폭발하듯 뻗어 나갔다.

"얼래?"

놀란 유천이 바라보는 사이 빛이 사그라졌다. 대신 지쳐 쓰러져 가던 몸에 활기가 돌고 힘이 솟구쳤다.

"우아아!"

잠시 유천이 주춤한 사이 거한이 다시 고함을 지르며 달려들었다.

유천은 자신도 모르게 몸을 움직이며 거한을 오른손으로 강타했다.

그 순간 놀랍게도 거한이 움찔거리는 모습이 시야에 들어왔다.

기회였다.

사력을 다해 거한의 입을 강타했다.

퍽!

유천의 몸에 피가 튀고 거한이 타격을 받은 듯 주춤거렸다.

기회를 잡은 유천이 마침내 거한의 목을 잡고 세차게 돌렸다.

빠드득!

목이 돌아가는 소리와 함께 거한이 땅에 쓰러졌다.

"휴우."

그때서야 안도의 한숨을 쉬었으나 섬뜩한 느낌에 바로 시선을 돌렸다.

그러자 시퍼런 광망에 휩싸인 한 쌍의 눈이 자신을 노려보고 있다.

그때 귓가에 공명처럼 목소리 하나가 들렸다.

섬뜩할 정도로 깊디깊은 음성이 뇌리에 박히듯이 각인됐다.

―이겨라. 시험을 통과하지 못한다면 다시는 깨어나지 못하리라.

반감이 먼저였다.

"이런 씨발. 누가 한다고 했어?"

유천 입에서 거친 목소리가 절로 흘러나왔다.

그때부터였다.

또 다른 거한이 시야에 들어왔다.

자신이 해치운 기한보다 훨씬 큰 모습. 유천은 투지를 불태

우며 소리쳤다.

"씨팔! 양심도 없는 새끼들!"

그로부터 끝도 없는 싸움이 단 한순간도 쉼 없이 이어졌다.

"헉헉."

지쳐 쓰러질 듯한 몸이지만 신기하게도 찰나의 시간만 주어지면 금방 회복됐다.

하지만 이대로 죽고픈 심정이 들 정도의 고통이었다.

"안 돼."

강하게 머리를 저으며 다가서는 거한들과 생사를 걸고 싸웠다. 살이 튀고 뼈가 부서지는 처절한 현장이다.

체력이 바닥을 쳤지만 무심한 운명이다.

어느새 또 다른 거한이 손을 뻗어왔다. 유천을 잡고 쫙 찢어 죽이려는 죽음의 손짓이다.

"으아아아!"

유천이 절규하며 두 손을 쭉 뻗었다.

3장

내가 맞나

번쩍.

눈을 뜨자 햇빛이 유천의 시선을 그대로 깨부수고 들어오
는 느낌이 든다.

멀리서 하얀 옷을 입은 간호사가 달려오는 모습이 보였다.

"깨어났어요?"

"여기가 어디입니까?"

"술을 많이 마시고 쓰러진 걸 동료 분들이 데려왔어요."

한심하다는 표정의 간호사를 보고 유천이 피식 웃었다.

'도대체 어떻게 된 거지?'

분명히 석함을 열고 강한 빛을 본 기억이 났다.

그리곤 악몽이었다.

잠시 멍해진 유천에게 간호사가 편지를 내밀었다.

"이거 받으세요."

"뭡니까?"

"어떤 여자 분이 전해주고 간 건데요."

"여자요? 혹시 얼굴이……."

유천이 얼른 설명하자 간호사가 끄덕였다.

"맞는 것 같네요."

그 말을 끝으로 간호사는 멀어져 갔다.

"도대체……."

유천은 극도의 혼란에 빠졌다.

잠시 편지를 노려보던 유천이 얼른 펼쳤다.

먼저 저와 남동생을 살려주셔서 감사합니다. 그리고 당신에게 석함을 주고 후회 많이 했어요.

그 석함은 저주받은 물건입니다. 만지는 남자 모두가 며칠 내로 시름시름 앓다가 죽었답니다.

덕분에 우리 집안을 망하게 만든 물건이지요.

거기 간 이유는 적들에게 쫓기다 반군에 가담한 오빠에게 간 거예요.

다만 오빠를 죽인 당신들이 미워서 그만 저질렀네요.

살아 계시단 소리에 안도했습니다.

지금은 쫓기는 신세라 나중에 기회가 있다면 만나서 자세히 이 야기할게요.

  급하게 쓴 듯 앞뒤 문맥도 맞지 않고 글씨도 알아보기 힘들었다.

  그러나 내용을 보자 피가 거꾸로 솟았다.

  은혜를 원수로 갚는다.

  정확히 이 경우였다.

  그러나 편지 한 장으로 분노가 조금 사그러졌다. 그러나 다시 석함 이야기를 듣자 머리가 복잡해졌다.

  유천이 생각에 잠길 즈음 어느새 소대장이 연락을 받고 유천에게 다가왔다.

  "술이 그렇게 약하지도 않은데 왜 그랬어?"

  "그러게요. 갑자기 몸이 말을 안 들었던 모양입니다."

  "그렇다고 일주일 동안 병원 신세를 지면 되나."

  "일주일이요?"

  깜짝 놀란 유천이 묻자 소대장이 고개를 끄덕였다.

  "일주일 동안 기절해 있었어."

  "……."

  미칠 노릇이다.

  그렇다면 꿈속에서 수도 없이 싸운 시간이 얼추 맞단 판단이 섰는데 이내 고개를 저었다.

'말도 안 돼.'

그저 꿈일 뿐이라 치부했다.

생각하느라 대답 없이 가만히 바라보는 유천에게 소대장이 한마디 한다.

"제대 일주일 늦춰진 거 알지? 그래서 작전 한 번 더 투입돼야 해."

"빌어먹을."

유천의 입에서 현실을 알아채곤 투덜거림이 나왔다.

이제 곧 제대인데 일주일 늦춰졌단 소리는 정말 마른하늘에 날벼락이었다.

일주일이면 목숨이 몇 번이나 왔다 갔다 할 수 있는 것이 외인부대 생활이다.

그러나 외인부대 규정상 병원에 입원한 것은 입대 일수에 포함하지 않는 것이 룰이다.

치사했지만 규정은 규정이었다.

벌떡.

인상을 잔뜩 쓴 유천이 자리에서 일어섰다.

"갑시다."

"괜찮겠어?"

"하루라도 빨리 제대해야겠습니다."

"자네같이 유능한 대원이 나가는 건 정말 아쉬운데."

"끔찍한 소리 하지 마십쇼."

유천은 고개를 저으며 앞으로 나섰다. 그런데 천천히 걷던 유천은 알지 못할 묘한 감각을 느꼈다.

'이거 왜 이래?'

온몸의 감각이 살아 움직이고 힘이 불끈 나는 느낌이다.

건드리는 무언가를 광폭하게 파괴할 것 같은 강렬한 파워가 내부에 그득한 기분이 들었다.

'뭐야, 이거?'

유천은 스스로도 당혹스러운 지경이다.

입원한 사이, 그리고 기절한 시간 동안 뭔가 변화가 일어난 건 분명했다.

유천은 잠시 생각하다가 피식거렸다.

'푹 쉬어서 컨디션이 좋아진 건가?'

간단하게 마음을 정리했다.

부대로 돌아오자 동료들이 유천을 환영했다.

"어이, 술 먹고 뻗은 인간."

"씨발 놈의 주둥이를."

유천이 말한 상대를 노려보자 다들 움찔한 표정이다.

전에도 무서웠지만 일주일 만에 돌아온 유천의 눈빛은 더욱더 매서워져 사람의 심장을 마치 오그라뜨릴 듯한 무서운 분위기를 연출하였다.

"눈빛이 왜 그래?"

"신경 건드리지 마라."

유천의 한마디에 다들 조용히 하는 분위기다.

그때 소대장이 나서서 말했다.

"내일 만날 적은 진짜 흉악한 놈들이다. 율법을 어기고 얼굴을 보였다고 젊은 여자를 산 채로 끓는 물에 집어넣어 삶아버리는 놈들이지."

"우우!"

부대원들이 야유를 보냈으나 소대장은 태연하게 경고했다.

"흉악한 놈들이니 모두 조심하도록 해."

"그러면 우리는 자비로운 사람들입니까?"

"하하하!"

부대원들이 모두 웃었다.

하긴 외인부대원들도 잔인한 걸로 따지면 그들 못지않았다.

유천도 피식 웃으며 얼른 총을 잡았다. 차가운 쇠붙이의 느낌이 오늘따라 왠지 상쾌하게 느껴졌다.

'오늘 왜 이래?'

살기 위해 잡았지만 그다지 애정이 가지 않는 것이 소총이다. 그런데 오늘은 다른 느낌이 드는 게 희한했다.

그날 밤,

"헉!"

유천은 또다시 악몽에 시달리다 벌떡 일어섰다.

이마엔 식은땀이 주르륵 흘러내리고 있고 내의는 흠뻑 젖어 있다.

"돌겠네."

사람이 자면서 시달리는 것만큼 괴로운 일도 없다. 거기다 영문을 모르니 미치고 팔짝 뛸 노릇이다.

거한과의 싸움.

기진맥진을 넘어 금방이라도 땅에 몸을 눕히고픈 고통의 연속이었다.

더구나 더 놀라운 건 꿈에서 깨더라도 그 피로감을 고스란히 느낀단 점이다.

온몸이 으스러지는 기분이 꺼림칙했다.

이대론 하루하루가 악몽이었다.

그때부터 새벽까지 유천의 고민이 시작됐으나 결론은 하나로 귀결됐다.

해결하자.

무슨 수를 써서라도 풀어야 할 숙제처럼 느껴졌다. 일단 비밀을 풀기 위해선 석함을 찾는 것이 제일 빠른 해결책이었다.

그러나 당장 내일 있을 전투에서 살아남는 일이 먼저였다.

"인생 꼬이네."

유천은 다시 이불에 몸을 묻었다.

피곤에 절어 전투에 임하면 실수하기 십상이다.

총탄이 빗발치는 전장에서 몽롱한 정신은 곧 죽음이었다.

타타타!

유천은 싸움터에 나가 놀라운 경험을 했다.

적을 향해 쏘는 사격에는 한 치의 오차도 없었다. 노리고 방아쇠를 당기면 적이 맞고 쓰러졌다.

그뿐이 아니었다.

자신을 노리는 적의 감각이 쏙쏙 잡혔다.

덕분에 적보다 한 발짝 빨리 방아쇠를 당겼다.

일 초에 생사를 가르는 전장에서는 놀라운 힘이다.

전과 달라도 너무나 달랐다.

지독한 냉정함만으로는 설명이 불가능했다. 근육 하나하나가 일제히 움직이며 자신의 의지대로 꿈틀거렸다.

오죽하면 옆에 있던 동료가 말했다.

"너 이상해졌다? 기절하더니 뭐가 달라진 거야?"

"……."

유천은 대꾸없이 방아쇠만 당길 뿐이다.

탕!

한 발이 날아가면 저쪽에서 하얀 터번이 허공에서 춤을 췄다.

지켜보던 소대장도 경악스러운 표정으로 유천을 바라봤다.

유천은 개의치 않고 계속 방아쇠를 당겼다.

"조금만 있으면 제대야."

더 이상 이 인간들과 마주칠 일은 없었다. 다만 자신의 감이 뭔가 달라졌다는 게 나쁘지 않을 뿐이다.

그뿐만이 아니다. 적이 자신을 향해서 사격할 때는 놀라운 육감이 발동해 얼른 고개를 숙이기도 했다.

피웅!

바로 총알이 날아 들어오는 걸 보곤 기가 막혔다. 물론 곧바로 응사해 적의 숨통을 한 방에 끊어놓았다.

"육감이 좋아진 건가? 악몽이… 도대체 무슨 일이 있었던 거야?"

유천으로서도 그 이상은 알 수가 없었다.

"석함을 찾아야 해."

아무래도 거기에 비밀이 있는 듯싶었다.

그렇게 유천의 혁혁한 공으로 그날 전투는 무사히 끝이 났다.

모두 열두 명의 적을 사살하고 깨끗하게 싸움터를 정리했다.

유천은 재빨리 동료 한 명에게 다가섰다.

들은 이야기론 프랑스 출신 흑인인 베르송이 자신을 업고 부대로 왔다고 했다.

"베르송, 혹시 내가 병원 가기 전에 쓰러진 곳에 석함 없었어?"

"석함?"

"그래."

"그거 팔았는데?"

베르송이 겸연쩍게 웃으며 대답하자 유천이 핏대를 세웠다.

"팔아? 누구 맘대로?"

"네 건 아니잖아?"

"전리품은 주은 본인 소유란 걸 몰라?"

유천이 차갑게 말하자 베르송의 안색이 확 변했다. 이러다 유천이 확 돌면 곤죽이 될 자신을 생각하니 아찔했다.

"물어줄게. 얼마 주면 돼?"

"……."

유천이 침묵하며 노려보자 베르송이 다시 말했다.

"그 석함이 그리 중요해?"

"닥치고, 어디다 팔았어?"

"외박 나가 시장 상인에게 보여주니 200달러 준다고 해서 그만……."

베르송의 목소리가 기어들어 갔다.

유천은 그 면상에 주먹이라도 날리고 싶었지만 더 급한 건 다시 찾는 일이기에 꾹 참고 말했다.

"가게하고 인상착의 말해."

"시장 가운데……."

베르송이 필사적으로 설명했다.

누가 봐도 자신의 실수이기에 최선을 다해 유천의 분노를 넘기려는 기색이 역력했다.

머릿속에 설명을 몇 번이고 되뇌어 기억한 유천이 싸늘하게 말했다.

"알았어."

"200달러 줄게."

"꺼져."

유천이 할 수 있는 최고의 배려가 담긴 말이다. 베르송의 얼굴을 더 봉 있다간 미친 듯이 두들겨 팰 것 같은 기분이다.

눈치 빠른 베르송이 얼른 자리를 피했다.

유천은 우거지상으로 변해 씹어뱉듯이 말을 토했다.

"복잡해지네."

무슨 수를 써서라도 석함을 찾아야 이 비밀을 풀 수 있을 것 같았다.

악몽으로부터 빠져나오려면 그 수밖에 다른 방법이 떠오르지 않았다.

"200달러? 베르송 저 씨팔 새끼를."

하루라도 편히 자고픈 열망에 한숨이 절로 나왔다.

"비밀이 있긴 한데."

생각 같아선 확 버리고 싶었지만 악몽을 끝내기 위해서는 유일한 해결책이 석함이었다. 또한 새로 생긴 능력이 떠오르자 애증이 교차했다.

"이게 복이야, 아님 재앙 덩어리야?"

골치가 지끈거렸다.

그날 저녁.

유천이 무료한 마음에 잡지책을 꺼내 들었다.

아무 생각 안 하고 한참을 읽어 내리던 유천이 스스로 놀라 벌떡 일어섰다.

"뭐야?"

섬뜩한 기분마저 들었다.

그다지 책을 좋아하지 않던 과거와 달리 놀라울 정도의 집중력을 보였다. 그뿐만이 아니었다.

잡다한 내용 상당수가 머릿속에 그대로 틀어박혔다. 전부는 아니어도 적어도 반 이상이란 사실에 기가 막혔다.

한마디로 기억력이 달라졌다.

순간 유천은 하나를 떠올렸다.

석함.

그 물건이 준 건 단지 신체적인 힘뿐이 아니란 걸 알았다.

잘하면 머리도?

그 생각이 들자 아무래도 석함을 꼭 찾아야 이 놀라운 일을 제대로 이해할 수 있을 것 같았다. 그러나 유천은 다음 순간 눈실을 찌푸릴 수밖에 없었다.

"빌어먹을."

외인부대 특성상 복무 기간이 끝나면 곧바로 프랑스로 움직여야 했다. 부대에서 수송 헬기를 타고 공항으로 직행한다.

그렇다면 베르송이 팔아먹은 시장에 들를 시간이 없었다. 방법을 고민하던 유천의 생각은 단 하나였다.

"젠장, 또 늘어나?"

솔직히 단 한 시간이라도 빨리 뜨고픈 외인부대이지만 이번만은 예외였다.

외인부대 규정상 정기가 아닌 개인 외박은 복무 기간에 포함되지 않아 제대가 늦춰졌다.

하지만 피할 수 없는 일이기에 유천은 곧바로 소대장에게로 갔다.

"소대장님, 외박 좀 다녀오겠습니다."

"무슨 일이야?"

"개인적인 용무입니다."

유천의 대답에 고개를 갸웃거리던 소대장이 묘한 웃음을 보였다.

"외박? 요샌 특별한 일이 없으니까 괜찮은데, 제대 늦어지는 거 알지?"

"알고 있습니다. 더 이상 말하지 마쇼."

"오, 말년이라 이제는 말도 거칠게 나오데?"

"언젠 안 그랬나요?"

비딱한 유천의 말에 소대장이 빙긋 웃었다.

지금같이 조용한 시간에 유천이 나간다는 건 반가운 일이다. 복무 기간이 하루라도 늘어난다면 써먹을 일이 많았다.

오늘은 평화롭지만 내일을 장담하기 힘들다.

지휘관 입장에서 유능한 병사인 유천의 근무 연장을 싫어할 일이 없었다.

다만 한 가지가 걸린 소대장이 난처한 얼굴로 유천을 쳐다보았다.

"외박 나가려면 수송 헬기 불러야 되는 거 알지?"

"알고 있습니다."

"자네 개인적인 용무 때문에 헬기 부르면 곤란하지 않겠나?"

"헬기 비용 지불하겠습니다."

유천이 쓰린 속을 달래며 말하자 소대장의 얼굴에 야릇한 미소가 걸린다.

"지불이라……. 좋아, 이번에는 내 인심 쓰지. 자네가 혁혁한 전공을 세운 걸 상부에서도 아니 특별히 상신하겠네."

"그리 말해주면 저야 고맙죠."

유천이 빙긋 웃었다.

사실 공돈 나가는데 기분 좋을 사람은 없다. 헬기 부른다면 기름 값이 장난이 아니다.

아프가니스탄의 수도인 카불 시까지는 무려 250km를 헬기를 타고 날아가야 했다.

　얼마 후 지휘본부와 무전을 마친 소대장이 기꺼운 마음으로 고개를 끄덕였다.

　"헬기 온대. 즐겁게 다녀와."

　"……"

　유천은 대답 없이 곧바로 밖으로 나가다가 우연히 베르송을 만났다.

　"저 새끼를……"

　유천의 말에 베르송이 움찔한 표정으로 말했다.

　"내가 200달러 준다니까."

　"돈이 문제가 아니야, 인마. 왜 남의 물건을 함부로 건드려?"

　"그냥 떨어져 있어서 네 건지 몰랐지."

　"됐다."

　이미 지나간 일 가지고 왈가왈부할 건 없었다.

　유천은 곧바로 부대를 나서기 전에 사복으로 갈아입었다.

　외인부대 정복을 입고 나가면 탈레반에게 '나를 쏴 죽여주시오' 하는 소리와 마찬가지였다.

　투투투!

　헬기에서 내린 유천은 뒤도 안 돌아보고 한쪽으로 향했다.

"여기란 말이지."

유천은 곧바로 시장 쪽으로 발길을 서둘렀다.

그런데 시장으로 접어드는 작은 골목길에서 불청객 두 명이 유천을 맞이했다.

"헤이!"

유천을 부르는 목소리에 살기가 그득했다.

유천이 고개를 돌리자 시퍼런 칼을 든 두 아프간 남자가 히죽거렸다.

흔한 일이기도 했다.

오랜 내전으로 수도인 카불조차도 치안 상태가 엉망이었다. 도처에 강도와 살인자가 들끓는 무법천지였다.

더군다나 동양인인 유천은 그들이 보기엔 맛좋은 먹잇감이었다.

두 남자는 유천에게 눈을 사납게 부라리며 낮게 소리쳤다.

"지갑 놓고 가!"

"……."

유천은 말없이 그들 쪽으로 다가섰다.

"멈춰. 죽고 싶어?"

두 남자가 칼을 들이대며 위협했으나 유천은 거들떠보지도 않고 손가락을 까딱거렸다.

"이리 와."

"이 자식이!"

화가 난 두 남자가 칼을 휘둘렀다. 정확히 유천의 목과 가슴을 노린 칼날이 매섭게 날아왔다.

휙!

유천은 슬쩍 몸을 피했다.

'역시.'

전과 확연히 다른 경쾌함이 느껴졌다. 그 느낌과 거의 동시에 유천의 손이 한 남자의 오른 팔목을 쳤다.

"억!"

팔목이 시큰거린 남자가 손에서 칼을 놓았다.

"죽어."

다른 남자의 칼이 직선으로 배를 노렸다.

유천은 몸을 옆으로 돌리며 상대 팔목을 잡고 사정없이 꺾었다.

빠직!

뼈 부러지는 소름 끼치는 소리가 들리자마자 남자의 고통스런 신음이 들렸다.

"으윽!"

팔목을 잡고 비틀거리는 남자의 턱으로 유천의 오른발이 사정없이 날아갔다.

뻐걱!

턱뼈 부서지는 소리가 들리며 남자가 그대로 땅에 쓰러졌다.

유천은 몸을 돌려 두려움에 떠는 다른 남자에게 다가섰다.

"사, 살려주세요."

남자가 사정했으나 유천은 개의치 않았다.

퍽!

오른 주먹이 남자 명치 근처로 푹 들어갔다.

"우욱!"

입에서 노란 물을 토하며 남자가 그대로 쓰러졌다.

쿵!

축 늘어진 두 남자를 무심히 보던 유천이 발길을 돌렸다.

"바쁜데 성가시게."

다행히 베르송의 기억은 정확해 별로 헤매지 않고 석함을 산 가게를 곧 찾을 수 있었다.

유천은 가게 안으로 쑥 들어서자마자 베르송이 설명한 인상착의를 지닌 남자를 봤다. 그는 하얀 터번을 머리에 둘러쓴 상인이었다.

베르송의 설명 그대로이기에 유천은 곧바로 입을 열었다.

"말씀 좀 묻겠습니다."

"뭘 사시려고요?"

뜻밖의 외국인의 등장에 상인은 당황한 표정이었으나 이내 태연하게 묻는다.

그런 표정 변화는 관심 없는 유천이 단도직입적으로 본론을 들이댔다.

"얼마 전에 석함 하나 사신 거 기억납니까?"

"석함이라면……."

"외인부대원들이 외출 나와 이곳에 판 거 있지 않습니까."

"아, 그 석함이요?"

"기억나세요?"

상인의 말에 유천이 반색하며 다시 물었다.

"외인부대원입니까?"

"아마도요."

상인의 눈에 경계의 표정이 떠올랐다.

외인부대는 거칠기로 소문난 자들이다. 공연히 시비를 걸러 온 게 아닌가 하는 걱정스러운 표정이었다.

눈치 빠른 유천은 한결 표정을 부드럽게 하고 상인에게 물었다.

"그거 제 건데 동료가 실수로 잘못 팔았습니다. 다시 돌려줬으면 합니다만."

"저희는 산 물건을 다시 돌려주지 않습니다만."

"200달러 드리지요. 받았던 금액 그대로입니다."

"곤란한데요. 남기려고 산 물건인데요."

상인의 말에 유천은 두말하지 않았다.

"300달러 드리지요."

"안 됩니다."

"얼마를 받으시려는 거죠?"

상인의 완강하게 거부하는 표정에 순간 유천은 혈압이 올라갔다.

막 뭐라고 하려는 순간 한 아프간 청년이 다급히 상점 안으로 들어서며 상인에게 귓속말을 했다.

이야기를 가만히 듣던 상인의 얼굴 표정이 순간적으로 변하더니만 유천을 바라보았다.

"좋습니다. 팔겠습니다."

갑자기 변한 태도가 이상했지만 유천은 나쁘지 않은 일이기에 곧장 인상을 폈다.

"얼마죠?"

"500달러는 내셔야 됩니다."

500달러.

유천은 베르송을 떠올리며 이를 갈았다. 억울했지만 유천에게는 돈보다 가치 있는 물건이기에 아낌없이 고개를 끄덕였다.

"드리지요."

그러자 상인의 눈빛이 번쩍였다.

"현찰을 먼저 주시지요."

유천은 지갑에서 100달러짜리 지폐 다섯 장을 곧바로 건네주며 말했다.

"석함을 주시지요."

유천의 말에 상인이 밝게 웃으며 말했다.

"주기 전에 당신을 만나고 싶어 하는 사람이 있다는데요."

"저를요?"

황당한 이야기였다.

동료 외인부대원을 제외하고는 아프가니스탄에 아는 사람이 단 한 명도 없었다.

유천이 알기론 금일 외인부대 외박은 본인 혼자였다.

그런데 뜻밖의 말을 듣자 유천은 고개를 갸웃거릴 수밖에 없었다. 그러나 유천이 미처 말하기도 전에 상인의 말이 이어졌다.

"그분 부탁이 아니었다면 절대 안 팔았습니다."

"봅시다."

유천은 더 이상 망설이지 않았다. 중요한 건 석함을 다시 손아귀에 넣는 일이다. 더욱이 여기서 공연히 소란을 피워봐야 득 될 일이 없었다.

카불에서 소란을 피운다는 건 자신은 물론 외인부대에게도 좋은 일이 아니었다.

더군다나 외인부대원이 함부로 말썽을 피우다 걸리면 복무 기간 연장이란 벌칙이 있었다.

외인부대원에게 최악은 복무 연장이었다.

"이쪽으로 오시죠."

"……"

뭔가 마음에 걸리는 건 있다.

혹시 유인해 제거하려는 수작인가 의심도 들었다. 오랜 전쟁에 숙달된 머리는 여러 방향으로 돌았다.

그러나 전과 다른 자신을 생각하니 한결 자신감도 붙었다. 닥치면 닥친 대로 해결할 결심을 품었다.

결국 상인을 따라 가게 밖으로 나섰다.

뚜벅뚜벅.

5분여를 걷자 시장 끝에 2층짜리 건물이 보인다.

"여깁니다."

"어디죠?"

"상인연합회 사무실입니다."

간단히 설명을 마친 상인은 망설임없이 들어갔고, 유천은 곧 전투 감각을 끌어올렸다.

전보다 훨씬 예민해진 감각으로 사방을 남몰래 살폈다.

'별다른 건 없는데.'

어떤 경우에도 방심은 금물이다.

무슨 일이 벌어질지 모르기에 유천은 뒷주머니에 찬 권총을 슬며시 쓰다듬었다.

외박 시 휴대 금지된 무기지만 그걸 지키는 외인부대원은 없었다.

가장 소중한 건 자신의 목숨인 탓이다.

건물 안으로 들어서자 상인이 곧장 방 안으로 유천을 안내했다.

"여기입니다. 금방 석함을 가져오도록 하죠."

유천은 방에 들어가면서도 온몸에 긴장감을 잔뜩 끌어올렸으나 이내 피식 웃음이 나올 수밖에 없었다.

4장

어둠의 손길

"유천!"

반색을 하며 달려드는 한 유럽 남자. 유천은 한눈에 그를 알아보았다.

부리부리한 눈매가 사나운 남자.

강인한 턱 선이 보통 사람으로 하여금 두려움을 자아내게 하던 남자.

매스커.

한때 동료였던 자다.

매스커란 외인부대 내에서 불리던 별명이었다. 프랑스어로 학살자를 의미하는 단어답게 평소 무자비함으로 악명을 떨쳤다.

적을 보면 절대 살려두는 법이 없었다.

오죽했으면 탈레반 반군 지휘부에서도 제거 1순위에 두고 늘 매스커의 목을 노렸다.

그 스트레스로 인해 늘 긴장한 채 살다 7개월 전 어느 날 외인부대를 무단 탈영하여 흔적도 없이 사라진 인물이다.

외인부대가 발칵 뒤집혀 주변을 샅샅이 찾았으나 그 누구도 그의 흔적을 찾을 수 없었다.

그런데 그런 그가 아직도 아프가니스탄 수도인 카불 시 시장바닥에 버젓이 살아 있는 모습에 유천도 황당한 표정을 지울 수가 없었다.

그러나 이내 유천이 긴장을 풀고 환하게 웃었다.

"매스커? 여기서 뭐하는 거야?"

"별거 없어. 시장바닥에서 깝죽거리는 놈들 혼내주는 거지."

"혼만 내?"

"알아서 생각해."

매스커의 입술이 말려 올라가자 소름이 끼칠 정도의 살기가 느껴졌다.

물론 유천이 그런 인상에 겁먹을 위인도 아니기에 담담하게 바라볼 뿐이다.

유천은 굳이 매스커가 시장바닥에서 뭘 하고 있는지 물어

보고 싶은 마음은 없었다. 다만 오랜 전우를 만나자 반가운 마음이다.

"팔자 좋은 모양이네."

"그나저나 이게 얼마만이야."

"너 탈영하고 처음이니 꽤 됐지?"

"이 순간 탈영이란 말을 꼭 써야 해?"

어깨를 으쓱한 매스커는 반가운 표정으로 유천을 껴안았다.

유천도 매스커를 꼭 끌어안아 주며 얼굴에 미소를 떠올렸다.

"이렇게 함부로 돌아다니면 안 되는 거 아니야? 아직 외인부대 추격대에서 널 찾는 눈치던데."

"그래서 나를 고발할 생각인가?"

"포상금이 너무 적어. 이천 달러가 뭐야?"

"푸하하!"

"천하의 매스커를 잡는 데 이십만 달러는 줘야지."

유천이 슬쩍 농을 건넸다.

매스커가 통쾌하게 웃으며 유천의 손을 잡아끌며 소파로 안내했다.

"자, 앉아서 얘기하자고."

"근데 날 언제 본 거야?"

"시장바닥에 들어설 때부터 봤지. 등장부터 요란하던데?"

"철없는 강도 말이야?"

"운도 없는 새끼들이지."

"그건 그렇고, 살 만해?"

유천이 묻자 매스커가 어깨를 으쓱했다.

"그런대로 지낼 만해."

"전부터 궁금했는데, 왜 탈영한 거야?"

"갈수록 느낌이 섬뜩했어."

그 말 한마디로 유천은 모든 것을 한번에 이해할 수 있었다.

외인부대 특수임무대는 언제 죽을지 모르는 위험한 임무를 수도 없이 헤쳐 나가야만 했다.

느낌, 남들은 공연한 감이라고 할지 모르지만 외인부대에게는 마치 신앙처럼 굳어진 일이다.

매스커의 말에는 그 모든 것이 담겨 있었다.

일반적으로 일반 외인부대원들은 느낌이 좋지 않을 때 전투도 나서지 않았다.

목숨이 오가는 위험한 일이 많으니 지휘관들도 심하지 않으면 눈감아주곤 했다.

물론 유천과 매스커가 있던 특수부대에선 턱도 없는 소리였다. 아무리 예감이 안 좋아도 전원 전투에 참가해야 했다.

유천이 그 규정을 떠올리며 매스커에게 웃음을 지은 채 말했다.

"단지 그 이유 때문에?"

"아니, 탈레반 새끼들이 나만 노리잖아. 그건 너도 알지?"

"그러게. 작작 좀 죽이지."

"성격이 그런 걸 어째?"

매스커 대답을 들으며 유천이 화제를 돌렸다.

"토꼈으면 무조건 멀리 가야 되는 거 아니야?"

"원래 바로 눈앞이 어두운 거야."

"하긴 한국에도 그런 속담이 있지. 등잔 밑이 어둡다고. 여기 계속 있을 거야?"

유천의 말에 매스커가 고개를 저었다.

"아니, 조만간 가야지. 여기서 돈 좀 벌고 말이야."

"도피 자금이 필요한 거야?"

"알다시피 외인부대에서 받은 게 없잖아. 월급밖에 더 있어?"

맞는 이야기였다.

외인부대에서는 월급 외에 나머지 돈은 목돈으로 복무 기간이 끝난 후에 지급하는 룰이 있었다.

그 생각이 들자 유천이 고개를 끄덕였다.

"그렇지. 도피 자금이 필요하겠지. 그런데 어딜 가도 외인부대의 추적이 만만치 않을 텐데."

"그 자식들 손길이 없는 곳으로 가야지. 설령 만나도 몇 명 정도야 가뿐하지. 그나저나 반갑다."

매스커가 그제야 석함을 유천에게 건네줬다. 애물단지를 받아든 유천이 미소지으며 물었다.

"나도 반가워. 그럼 석함은 네가 주라고 한 거야?"

"그럼. 그 정도는 할 수 있지. 여기 내가 꽉 잡고 있거든."

매스커의 말에 유천은 곧바로 이해했다.

매스커는 거칠기로 소문난 외인부대에서 잔인하기로 손꼽히던 인물이다.

"좌우간 잘해봐."

"유천 너를 본 게 얼마나 반가운지 모르겠어. 너 때문에 내 목숨을 건진 거 알지?"

"서로 살라고 한 거 아니겠어?"

유천은 한마디로 정의를 내렸다. 매스커는 그런 유천을 바라보며 씩 웃었다.

"그래도 목숨 걸고 부상당한 나를 구해준 게 너잖아."

말하면서 팔을 쑥 걷어 올렸다.

거기에는 희미하게 흉터가 남아 있었다. 총탄이 팔을 스치고 나간 흔적이다.

유천은 그를 보며 담담하게 말했다.

"죽었으면 버리고 갔을 텐데 숨이 깔딱거려서 어쩔 수 없었지. 게다가 내게 갚을 돈도 남았잖아?"

"말 한번 예쁘게 하네. 좌우간 고마워. 네 덕분에 살아서 여기서 이렇게 일도 하고 있잖아."

"술이나 한잔할까?"

유천의 제안에 매스커가 반색했다.

"그거 좋지. 외박 나온 거지?"

"응. 내일 오전까지만 귀대하면 돼. 한잔 멋들어지게 하자고."

"좋은 이야기지."

둘은 쉽사리 의기투합했다.

매스커는 진열장 안에 있던 양주 네 병을 꺼내 환하게 웃으며 소파에 앉았다.

매스커는 커다란 언더락 잔에 양주를 콸콸 따르며 호기롭게 외쳤다.

"마시고 죽자고."

"너만 죽어."

"도대체 유머가 없어."

"이 생활 육 개월만 하면 유머가 뭔지도 아득해."

"푸하하!"

매스커는 오랜만에 시원하게 웃었다.

양주를 뱃속에 가득 채운 후 유천이 매스커에게 말했다.

"이번에 신세졌다."

"목숨 신세보다야 싸지."

매스커가 너스레를 떨자 돌연 유천의 말투가 돌변했다.

"어느 놈이 시켰어?"

"무슨 말이야?"

매스커의 안색이 돌변했으나 유천은 신경조차 쓰지 않고 물었다.

"솔직히 말해. 이건 한때 동료로서 마지막 주는 호의야."

"왜 이래?"

"몰라서 물어? 너 같은 인간이 한때 동료라서 이런 호의를 베풀어? 지나가던 개가 웃겠다."

유천의 눈에서 불꽃이 쏟아졌다. 안광이 얼마나 강렬한지 배포가 하늘을 찌르던 매스커가 뒤로 주춤 물러설 정도이다.

"유천!"

"어서 말해!"

유천이 으르렁거리자 매스커가 침을 꼴깍 삼켰다.

두려움에 살이 떨렸지만 메스커는 애써 태연한 척 여유를 부리며 입을 열었다.

한때 외인부대에서도 배포가 크기로 둘째가라면 서러울 메스커로서는 자존심이 상하는 순간이기도 했다.

"갑자기 왜 그래?"

"더 숨기면 죽는다?"

유천이 더욱 차갑게 말하자 메스커는 자신도 모르게 오른 손을 심장에 댔다.

"심장 떨리네. 야, 너무 심한 거 아니야? 잘하면 눈으로 사람 죽이겠다. 좀 침착해라."

"닥치고, 말하라니까."

유천의 다그침에 매스커의 표정이 급변하는 듯싶더니만 오른손이 곧바로 날쌔게 움직였다.

턱!

그러나 유천의 반응이 훨씬 더 빨랐다.

유천은 권총을 잡아가는 매스커의 손을 잡고 사정없이 비틀었다.

뿌득.

"아악!"

탈골되는 고통에 매스커가 비명을 지르는 순간 유천이 목을 잡고 감아 돌렸다.

"허튼수작 부리지 말지."

"유천."

"이름 부르지 마. 왜, 못 쏴서 억울해?"

유천의 차가운 말에 매스커의 얼굴에 진땀이 흘러내렸다.

"놓고 얘기하자고."

"미친 자식, 너 같으면 놓겠어?"

"내가 실… 수한 것 같다."

"실수했지. 죽을 만큼."

냉기가 철철 흘러나오는 유천의 목소리에 매스커는 점점 더 진땀을 흘렸다.

이대로라면 목이 비틀려 죽을지도 모른단 불안감이 들자 목소리가 절로 나왔다.

"자, 잠깐."

"할 말 있으면 해봐. 만약 한마디라도 거짓이라면 넌 바로 죽어."

"이, 이야기라니?"

"잔머리 굴리지 말지. 너도 외인부대 생활을 했으니까 어떤 건지 잘 알지?"

섬뜩한 말이다. 유천의 말의 의미는 아주 단순하고도 간단했다. 수틀리면 죽인다는 이야기다.

그러나 매스커도 독종이었다. 매스커가 움찔거리면서도 버텼다.

"숨 좀 쉬자."

"뭐라고?"

"그렇게 다그치면 내가 네, 네 하고 말할 성격이야?"

메스커가 한결 여유를 찾고 말하자 유천이 그때서야 표정을 누그러뜨렸다. 윽박지른다고 해결될 일이 아니란 걸 알고 있다.

"그래, 아주 좋게 얘기해 보자. 도대체 그 이야기는 누구한테 들었어?"

반복되는 유천의 말에 메스커가 드디어 입을 열었다.

"유천, 너 최근 아프간 인간하고 얽힌 일 있어?"

"탈레반 반군이라면 지겹게 보지."

"그건 아닐걸. 분명히 민간인일 텐데."

무심코 듣던 유천의 눈이 좁혀졌다.

민간인이라면?

여인과 아이 외엔 최근에 아무도 없었다.

확신하는 이유는 하나였다. 두 달 동안 휴가는 물론 외박 한 번 없이 전투만 이어졌다.

그렇다면?

머리가 그쪽에 미치는 순간 유천의 안색이 급변했다.

그놈의 석함 때문에 당한 고통, 아니, 현재진행형인 괴로움에 이가 갈렸다.

"어떤 놈이야?"

"몰라. 나한테 연락이 왔고, 난 그대로 행했을 뿐이야."

메스커의 말에 유천이 눈빛을 빛냈다.

마음속에 궁금증을 찾아줄 실마리를 찾았는데 쉽게 넘어갈 리가 없었다.

"다 털어놔 봐."

"그건 곤란해."

"곤란하다니 무슨 소리야?"

다시 한 번 유천의 목소리가 올라갔으나 메스커는 살짝 시선을 돌리며 대답했다.

"흔적 없는 그림자라고 들어봤어?"

"아니."

"못 들어봤겠지. 이 카불 시를 소리없이 움직이는 조직이야."

"탈레반이야?"

"아니, 그런데 더 지독할지도 모르지. 자기들 이익에 반하면 서슴없이 목을 따는 인간들이니까."

"그런데 그게 나랑 무슨 상관이야?"

유천이 고개를 갸웃거리자 메스커가 차분히 설명했다.

"그 조직에서 널 도와주라더라. 그래서 널 불렀어. 아마 네가 만난 그 누군가가 그들과 연관이 있나 보지."

"그건 관심없고, 지금 그들을 만나게 해줘."

"혼적 없는 그림자란 의미를 모르겠어?"

메스커의 다소 맥 풀린 질문에 유천이 금방 짐작했다.

"그러니까 아무도 그들을 모른다는 이야기야?"

"아무도 얼굴을 몰라. 그러나 한 가지 분명한 건 그 누구도 그들을 건드릴 수는 없단 사실이지."

"너도 그러냐?"

"나 또한 마찬가지야. 내가 무슨 조직이 있냐? 혼자 사는데 잘못 건드렸다간 나도 황천행이지."

메스커의 말에 유천이 흠칫했다.

"네 입에서 그런 말도 나오냐?"

"사실이니까. 그리고 내가 카불 시에 언제까지 살 것도 아니잖아. 돈 좀 챙기면 곧바로 뜰 생각인데 깊게 생각하고 싶지도 않아."

"그래서 그들 말을 듣고 나 만난 거야?"

유천이 묻자 고개를 끄덕인다.

"그렇지. 아무리 생명의 은인이라고 해도 탈영병 신세인데 함부로 만날 수 있겠냐? 그들의 부탁이 있었으니까 만났지."

"그래?"

"물론 유천 너를 믿지 않는다면 이 자리에 둘이 있지도 않겠지."

매스커의 단호한 말에 유천의 마음도 조금 풀어졌다.

"그건 고마운 일이네. 다시 한 번 물어보지. 그들을 만날 수는 없어?"

"불가능해. 나도 심부름꾼을 통해서 만났을 뿐이지."

"그 심부름꾼을 찾으면 되잖아?"

"그냥 왔다가 사라졌어. 전쟁으로 폐허가 됐어도 명색이 한 나라 수도인데 이 넓은 바닥 어디서 찾아?"

다시 단서가 뚝 끊어진 느낌이다.

유천은 더 이상 매스커를 다그쳐 봤자 아무것도 얻을 수 없다는 걸 눈치챘다.

다른 마음으론 골치 아픈 데 휘말리고 싶은 마음이 없는 탓이다. 아무리 궁금해도 누울 자리는 보고 자리를 깔아야 했다.

만나기 싫단 사람들을 억지로 만난다면?

좋은 결과를 보긴 어려웠다.

제대 말년에 피 볼 일은 없었다.

잘못하다간 외인부대에 몇 년 더 말뚝 박아야 할 불상사가 생길지도 몰랐다.

'불리해.'

유천은 냉정하게 결론을 내렸다.

소리 없는 그림자.

메스커의 설명을 들으니 그들과 엮여서 좋을 일이 없다는 생각이 들자 유천은 깨끗하게 미련을 털어버렸다.

그때서야 메스커가 악수를 청했다.

하지만 눈빛에서는 살짝 두려운 빛이 떠오른 걸 느낄 수 있었다.

"그런데 하나만 물어보자. 너 어떻게 변한 거야?"

"너보다 더 오래 전쟁터에 있는 탓이겠지."

"그런가?"

메스커가 영 믿기지 않는다는 듯이 고개를 갸웃거렸으나 유천은 개의치 않았다.

그에게 모든 내막을 자세히 설명할 만큼 한가하지도 않았다.

유천이 생각난 듯이 말했다.

"빨리 여기를 뜨는 게 좋을 거야."

"……."

말없이 고개를 끄덕이는 매스커의 표정이 어두워졌다.

숨겨야 할 비밀을 털어놓은 걸 상대가 알면 자신은 죽은 목숨이나 진배없었다.

유천이 그런 눈빛과 상관없이 걸음을 옮기는 순간 매스커의 목소리가 들렸다.

"좀 도와주면 안 될까?"

"스스로 자처한 일, 혼자 해결해."

유천의 단호한 말에 매스커는 더 이상 말하지 못했다.

아직도 오른손을 쓰지 못해 권총을 잡아갈 엄두조차 내지 못했다.

더구나 매스커에게 유천 옆구리의 권총이 슬쩍 보였다. 자신이 움직인다면 곧바로 심장으로 날아올 총탄에 움찔했다.

매스커와 헤어진 유천은 거리를 걷다 이상한 느낌이 들었다.

누군가가 자신에게 살기를 보내는 느낌은 섬뜩하고도 가슴을 철렁하게 만들었다.

"뭐지?"

유천은 순간 고개를 갸웃거리며 무시했다.

그저 느낌일 뿐이라고 무시하던 유천이 점점 심해지는 압

박에 눈살을 찌푸렸다.

"아무래도 이상해."

전이라면 몰라도 지금의 자신은 달랐다.

전쟁터에서 느낀 경험을 생각하니 등골이 쭈뼛 서며 유천이 자신도 모르게 길가로 몸을 감췄다.

그 순간 맞은편에 있던 3층 창가에서 시커먼 총구가 안으로 쑥 들어갔다.

유천은 빠르게 달려 총구가 있던 건물을 순식간에 치고 올라갔다.

적이 있는 방 앞에 선 유천이 권총을 뽑아 들고 방문을 걷어찼다.

"꼼짝 마!"

유천이 소리치자 막 빠져나가려던 남자가 흠칫했다.

"총 내려."

유천이 권총을 겨누자 남자가 잠시 주춤하는가 싶더니만 이내 저격총을 들었다.

푸슝.

유천의 권총이 발사됐다.

"큭!"

짤막한 비명과 함께 남자가 오른손에서 피를 흘리며 주저앉았다.

"할 말 있지?"

유천이 웃으며 다가서다 놀라 멈췄다.

"킥!"

어느새 남자가 입에서 피를 흘리며 경련했다. 그것도 잠시, 이내 온몸을 부르르 떨더니 그만이다.

"독한 놈."

유천이 혀를 내둘렀다.

아무 말 없이 자살하는 적을 보니 기가 막혔다.

자신을 아는 반군인지 아니면 매스커가 말한 자들인지 알 수조차 없다.

"모르면 모르는 대로."

중얼거린 유천이 헬기장으로 향했다.

얼마 후 화려한 거실에 두 남자가 앉아 있다.

소파 상석에 다리를 꼬고 앉아 있던 금발남자가 입을 열었다.

"어느 정도인가?"

"총구를 겨누자 곧바로 피하는 모습이었습니다."

대답한 건 전형적인 아프가니스탄 남자였다. 극히 조심스러운 행동으로 봐도 금발남자를 얼마나 두려워하는지 한눈에 짐작이 갔다.

금발남자가 흥미로운 듯 다시 물었다.

"그래? 즉신가?"

"아닙니다. 약간의 시차는 있었지만 그리 오랜 시간 걸리 진 않았습니다. 그 후 보낸 녀석이 역으로 당했습니다."

보고를 받던 남자가 뭔가 느낌이 들었는지 더 이상 아무 말 없이 생각에 잠긴 표정이다.

한참 동안 생각이 이어지자 금발의 남자가 조심스레 물었 다.

"지시를⋯⋯."

"됐어. 가봐."

"더 이상 조치를 취하지 않아도 되겠습니까?"

"가만히 내버려 둬."

"알겠습니다."

맞은편에 앉아 있던 복면인이 고개를 꾸벅 숙이고는 거실 에서 사라져 갔다.

잠시 침묵하던 복면인이 전화기를 들었다.

어려운 상대와의 통화인지 정중하기 이를 데 없는 말투로 시작했다.

"접니다. 그자가 부대로 돌아갔습니다. 어쩔까요?"

―내버려 둬.

"그냥 내버려 둬도 되겠습니까?"

―이게 얼마 만에 찾아온 일인가. 지켜봐야지.

"말씀대로 하겠습니다."

통화를 마친 복면인이 고개를 갸웃거렸다.

"전설의 시작인가, 아니면 끝인가?"

의미를 알 수 없는 말을 뇌까렸다.

한편 석함을 가방에 넣고 부대에 복귀한 유천은 마지막을 평온하게 맞이했다.

웬일인지 탈레반 반군의 공세가 잠잠해 외인부대 전체가 모처럼 편한 휴식을 즐겼다.

오죽하면 할 일없이 배회하던 소대장이 유천을 찾아왔다.

"운이 좋아."

"탈레반 애들이 운 좋은 거지요."

"푸하하하!"

시원한 웃음이 소대장에게서 터져 나왔다.

솔직히 유천은 제대를 앞두고 뭔가 하나가 빠진 기분이다. 마치 화장실을 갔다가 그냥 나온 기분이랄까?

유천은 고심 끝에 결정을 내렸다.

아프가니스탄은 한번 떠나면 다시 돌아오기 힘들다. 그럴 바에야 깨끗하게 궁금증을 풀고 가는 것이 좋았다.

판단을 마친 유천은 곧바로 소대장에게 다가가 입을 열었다.

"반군 기지 좀 다녀오면 안 되겠습니까?"

"반군 기지? 거긴 왜?"

"뭔가 중요한 물건을 잃어버렸는데 아무래도 거기서 떨어뜨린 것 같습니다."

"그래? 알았어. 무전 때려주지."

소대장이 흔쾌히 고개를 끄덕였다.

그다지 어려운 부탁도 아닌 탓에 인심 쓰듯이 말하는 터였다.

이미 반군 기지는 다른 외인부대원이 점령해 그쪽에 진지를 구축하고 있었다.

유천과 동료들은 그 앞보다 훨씬 앞으로 전진해 반군과 최전선에서 대치하고 있었다.

다른 외인부대와 무전을 마친 소대장이 유천에게 말했다.

"가도 돼."

"다녀오겠습니다."

"해지기 전에는 돌아와. 해진 다음에는 오인 사격 받을 수도 있어."

"걱정하지 마십시오."

"오늘따라 존댓말을 꼬박꼬박 쓰네."

소대장이 비꼬자 유천이 느물거렸다.

"부탁드리는 입장이 약자 아닙니까?"

"됐어. 가봐."

그제야 소대장이 흔쾌히 웃으며 유천에게 손을 흔들었다.

유천은 곧바로 부대 진지를 벗어나 반군 기지 쪽으로 향했다.

진지 근처에 다가서자 날카로운 목소리가 가장 먼저 들렸다.

"누구냐?"

"특수부대 정유천."

"연락 받았다. 들어와."

그때서야 상대방 목소리가 한결 누그러졌다.

유천은 천천히 다가와 바위틈에 숨어서 총을 겨누던 외인부대원에게 한마디 했다.

"총구 돌려."

"……"

그들은 대답이 없었다.

거칠기로 소문난 특수부대 병력에게 함부로 말할 수 있는 외인부대원은 아무도 없었다.

놀라 얼른 총구를 돌리며 딴청을 피운다.

뚜벅뚜벅.

유천은 곧바로 안으로 들어가 거침없이 동굴 안으로 향했다.

마침내 석함을 얻었던 동굴 안에 들어서자 유천은 제일 먼저 석실 안을 들여다봤다.

아무것도 없이 깨끗이 정리된 상태이고 군데군데 외인부대원의 짐이 놓여 있다.

"지낼 만한가?"

조그마한 야전침대를 보던 유천이 피식 웃으며 돌아 나왔다.

유천이 다시 발길을 옮긴 곳은 여인과 아이가 사라졌던 동굴 벽이었다.

그날 헛것을 보지 않은 건 분명했다. 메스커의 말을 들으면 자신이 분명 환상을 본 건 아니었다.

더군다나 석함에서 얻은 힘을 생각하면 더더욱 그랬다.

"분명히 여기였는데, 무슨 장치가 있나?"

유천은 사방을 유심히 살펴보았다.

아무리 살펴보아도 별다른 흔적이 발견되지 않아 고개를 갸웃거렸다.

"여기가 분명한데."

여기저기 만져 봐도 아무런 증거를 찾을 수가 없었다.

유천은 한 시간 동안 들여다보다가 깨끗이 포기했다.

"머리 빠개지겠어."

유천은 그 말을 마지막으로 반군 기지를 떠났다.

어차피 찾지 못할 바에야 깨끗하게 기억에서 지워 버리고 한국으로 돌아갈 생각이다.

이제 유일한 단서는 석함뿐이었다.

그러나 전에 기절해 일주일 동안 병원 신세를 진 걸 생각하니 영 꺼림칙했다.

"젠장, 열었다가 또?"

생각만 해도 아찔했다.

그래도 열긴 열어야 했다.

"언제 할까?"

유천의 고민이 깊어갔다.

이놈의 악몽에서 빨리 벗어나고픈 열망이 점점 깊어져 간 시간이다.

마침내 제대하는 날 아침이 밝아오자 유천은 감회가 새로웠다.

드디어 이 지겨운 소총을 버릴 시간이 온 것이다.

생각해 보면 지난 3년 동안 아득하고 등골이 오싹했던 기억이 무수했다.

다 떠나서 죽지 않고 살아서 제대한단 사실만으로도 충분히 기뻤다.

"드디어 제대인가?"

유천이 빙그레 웃었다. 다만 한 가지 짜증나는 건 여전히 악몽이 지속된단 점이다.

"어서 해결해야 하는데."

해결 방법을 몰라 답답한 심정이다.

한 가지 분명한 건 한국으로 귀국하기 전에 해결해야 한다는 것이다.

그때 소대장이 불쑥 나타나 빙긋 웃으며 멍하니 앉아 있는 유천에게 다가섰다.

"혹시 연장 근무할 생각 없나?"

"네?"

"월급을 배로 올려주겠네. 상부에 이미 보고했어."

"농담이죠?"

유천이 정색하자 소대장이 멀쑥한 표정으로 얼른 말을 돌렸다.

"반은."

"다행이네요. 진담이면 목을 따버렸을 겁니다."

"……."

유천의 사나운 말에 소대장이 움찔하며 입을 다물었다.

그때 갑자기 유천의 안색이 바뀌며 정중하게 소대장에게 입을 열었다.

"소대장님, 그동안 감사했습니다. 앞으로 살아가는 동안 행운만 깃들기를 바랍니다."

"미쳤어? 갑자기 왜 이래?"

소대장이 당황한 얼굴로 유천을 바라보았다. 거칠게 행동하고 말하기로 소문난 유천의 뜻밖의 모습에 눈빛마저 흔들린다.

유천은 그런 소대장을 향해 씩 웃었다.

"이제 민간인으로 돌아가는데 고운 말, 아름다운 말을 써야죠."

"그래서 이러는 거야?"

"하나씩 연습해야죠."

"미치겠네. 가봐."

소대장이 자존심이 상한 듯 신경질적으로 고개를 저었다.

유천은 돌아 나오면서 빙긋 웃었다.

"개운하네."

유천은 이미 복무 기간이 끝나기 전부터 결심을 굳혔다.

이제 한국으로 돌아가면 지금까지의 거친 자신의 모습을 깨끗이 잊어야만 했다.

앞으론 평범한 시민으로 살아야 하는 건 분명한 사실이다. 그렇지 않다면 여기저기서 트러블만 생길 것이다.

유천은 더 이상 이 전쟁터에 단 1분도 있을 생각이 없었다.

옆에 있던 동료들도 유천의 심정을 이해하는 듯 더 이상 말하지 않았다.

유천은 동료들을 한 번씩 쳐다보고는 한마디 했다.

"나중에 살아서 보자."

가장 진실된 인사이기도 했다. 동료들은 그때서야 피식 웃으며 유천을 껴안았다.

"즐거웠다."

"즐겁기는, 괴로웠지."

유천은 피식 웃으며 동료들을 한 명씩 껴안았다.

사선을 건너면서 서로 믿고 등을 보일 수 있었던 동료들의 얼굴을 하나씩 뇌리에 담아두었다.

그들이 전에 무슨 삶을 살았는지는 중요하지 않았다. 함께 싸워온 사실만이 유천의 기억에 생생히 남을 뿐이다.

"고맙다."

단 한 마디.

지금 유천이 할 수 있는 최선이었다.

잠시 후,

타타타!

멀리서 날아오는 헬리콥터 소리에 유천이 고개를 들었다.

"오나?"

이젠 정말 이 지옥을 떠난단 느낌이 들었다.

막상 떠난다고 생각하니 감회가 새롭고 정겨운 기분마저 들었다.

그때 유천이 얼른 고개를 흔들었다.

"타성이야."

오랜 전쟁터 생활은 심신을 피폐하게 만들었다. 유천조차 그 유혹에서 자유롭긴 힘들었던 모양새다.

그러나 유천은 이내 눈빛을 바로잡고 어깨에 힘을 줬다.

"어머니."

그 한 마디면 충분했다.

유천은 파리에 도착해 외인부대 본부에서 복무 기간 만료에 따라 절차를 마치고 드디어 민간인으로 돌아왔다.

모든 일이 끝나자 턱수염이 근사한 삼십대 후반으로 보이는 외인부대 인사과 소령이 유천에게 악수를 청했다.

"축하하네."

"감사합니다. 뭐 하나만 부탁해도 될까요?"

"뭐지?"

"조용한 곳에서 얼마간 쉬고 싶은데 가능할까요?"

유천의 말에 외인부대 소령이 흔쾌하게 나왔다.

"외인부대 소유의 별장이 있네. 파리 근교라 가까운데 거기를 소개해 줄까?"

"그러면 고맙죠."

"거기가……."

친절한 설명을 들은 유천이 목례를 했다.

"번거롭게 해드려서 죄송합니다."

"자네 특수부대 출신 맞나?"

"서류 보면 아시잖습니까?"

"거기 출신치곤 예의가 바르군."

외인부대 소령의 말에 유천이 만족했다.

자신의 뜻대로 이제 민간인으로 돌아갈 준비가 어느 정도 된 느낌이다.

거친 말투는 전쟁터에서 버리고 간다.

이젠 민간인으로 살아야 하기에 말투부터 바꿔야 했다.

그러나 그전에 할 일 하나를 생각하니 절로 인상이 찌푸려졌다.

석함.

거기서 시작된 악몽은 끝내야 했다.

한국으로 가기 전 파리에서 끝장을 본다.

무슨 수를 써서라도 멀쩡하게 한국으로 돌아가리란 신념은 더욱 강해졌다.

툭툭.

가방에 든 석함을 치는 유천 손길에 강한 의지가 서려 있다.

외인부대를 나선 유천은 곧바로 국제전화로 서울대학병원에 연락했다.

"정유천입니다. 805호실에 계신 어머니 상태가 어떻습니까?"

─잠시만요. 많이 좋아지셨네요.

"감사합니다."

통화를 마친 유천은 결심했다.

"이 문제 먼저 풀고."

자칫 자신이 잘못된다면 불효도 이런 불효가 없었다. 잠깐

만남을 미루더라도 끝내야 할 일이었다.

　"좀 살 만하니깐."

　골치 아픈 일이 이어진 기분이다.

5장

의혹을 넘어

    몇 시간 후 유천은 외인부대 전용 별장 내 조그만 방갈로에
홀로 들어섰다.

    짐을 내려놓자마자 곧바로 서함을 탁자 위에 놓고 하염없
이 노려봤다.

    밤마다 이어지는 악몽의 행렬이 지긋지긋했다.

    사람이라면 숙면은 건강의 지름길이다.

    그러나 유천에게는 멀고 먼 희망 사항에 불과했다. 하루도
빠짐없이 악몽에 시달린 여파로 어느새 눈 밑엔 옅은 다크서
클마저 보였다.

    "이 첨단 과학 시대에 환장하겠네."

눈으로 보고도 이해하기 힘든 일이지만 냉혹한 현실이었다.

유천의 솔직한 심정은 이젠 거기서 벗어나고 팠다.

"매도 일찍 맞으랬다고."

유천은 미리 사놓은 인스턴트식품을 줄줄이 식탁에 늘어놨다.

턱턱.

혹시 코마 상태로 너무 오래 있다 깨어나 먹을 것이 없으면 굶어 죽을지도 모른단 생각에 준비한 비상식량이다. 의식이 돌아오면 바로 폭풍 흡입할 계획이다.

"후우."

길게 심호흡을 한 유천이 떨리는 손을 애써 진정시키며 석함을 단번에 열었다.

확.

강한 빛이 동공을 때렸다.

"으윽!"

신음이 절로 나며 유천이 소파에 길게 쓰러졌다. 아득히 멀어지는 의식 속에서 한 가지만 기억했다.

이긴다.

굳건히 선 유천은 이젠 익숙한 광경을 보곤 피식거렸다.

"도무지 변하질 않아."

애써 농담을 던지며 태연하려 노력했지만 긴장되는 건 어쩔 수 없었다.

잠시 시간이 지나자 또다시 익숙한 모습이 시야에 가득 찼다.

유천보다 목 하나는 족히 큰 거한이었다.

처음엔 그 키에 질리기도 했지만 이젠 하도 봐 눈에 쏙 들어왔다.

"어이, 반가워."

유천은 오른손을 들며 반색했다.

"우어."

거한은 흉포한 얼굴을 더욱 구기며 유천에게 미친 듯이 달려들었다.

"자식들이 인사성이 없어요."

말은 그랬지만 유천도 단단히 긴장한 채 거한을 맞이했다.

거한은 아무런 경고 없이 솥뚜껑 같은 손으로 유천을 쓸어왔다.

턱.

유천은 익숙한 동작으로 거한의 손을 마주쳐 갔다.

퉁.

충격이 왔다.

그러나 맨 처음과는 달리 그런대로 버틸 만한 충격파였다. 자신감을 얻은 유천이 거한의 몸으로 파고들었다.

팔 길이가 워낙 차이나니 접근전이 최선이란 경험의 산물이다. 거한도 만만찮게 곧 왼손으로 유천의 옆구리를 강타했다.

퍽.

숨이 턱 막힐 듯한 고통이 밀려왔으나 유천은 망설이지 않고 오른손으로 거한의 복부를 강타했다.

"크어!"

거한의 입에서 고통스런 신음이 흘러나왔다.

기회.

유천은 빈틈을 놓치지 않고 연이어 양손으로 복부를 연타했다.

퍼퍽!

거한은 심한 충격을 받은 듯 비틀거렸다.

유천은 무자비한 얼굴로 이번엔 얼굴을 사정없이 후려쳤다.

"크아아!"

거한은 고통에 겨워 비틀거리다 땅에 쓰러졌다.

쿵!

순간 유천의 몸이 진동으로 크게 흔들렸다.

"죽어."

유천은 곧바로 거한의 몸 위에 올라타 급소를 골라 쉼 없이 두들겼다.

한 방 한 방에 온 힘을 기울여 때리다 보니 어느덧 유천의 이마에 굵은 땀방울이 송골송골 맺혔다.

얼마나 두들겼을까.

마침내 거한이 꿈쩍도 하지 않았다.

슥.

유천은 거한의 심장에 손을 대보곤 만족한 얼굴로 천천히 일어섰다.

"이 짓도 자주 하니 탄력이 붙네."

사실 밤마다 거한과 싸우다 보니 기술도 늘어 이젠 한 명 정도 해치우는 건 일도 아니었다. 그러나 끝이 아니란 것이 문제였다.

"지겨워."

또다시 접근해 오는 다른 거한을 보며 유천이 진저리를 쳤다. 귀찮다고 피할 수 있다면 얼마나 좋겠는가.

그럴 수 없단 사실이 징그럽게 싫었다.

유천은 싸우고 또 싸웠다.

단 한순간도 방심은 금물인 살벌한 생사의 현장이다. 그러나 시간이 갈수록 점점 느슨해지는 마음에 유천이 소스라치게 놀랐다.

"정신 차려."

애써 눈을 번쩍 떴다.

한 가지 위안이 된다면 싸울수록 기술이 늘고 배짱도 커져 간단 점이다.

얼마나 싸웠을까.

잠시 다가서는 거한이 없자 유천이 목을 흔들었다.

부드득.

연이어 뻐근한 몸을 가볍게 돌려 지친 근육을 풀어줬다.

어느 정도 회복되자 유천이 다시 발걸음을 옮겼다.

"이번엔 어떤 놈일까?"

유천이 날카로운 시선으로 앞을 바라봤다.

잠깐 동안은 아무도 시야에 들어오는 사람이 없었다. 모처럼 찾아온 평온이었지만 유천은 오히려 불안해졌다.

어떤 작자가 올지 영 뒤가 켕겼다.

그렇게 얼마나 기다렸을까?

긴장의 끈이 천천히 풀어질 만큼 오랜 시간이었다.

"뭐야? 다 끝난 거야?"

기대 서린 말이 끝나기도 전에 저 멀리서 움직이는 한 인영이 보였다.

"그러면 그렇지."

유천은 피식 웃으며 그 쪽을 노려보았다. 이번에는 또 어떤 인간이 나타나 자신에게 덤벼들지 영 짜증스러운 얼굴이다.

그런데 유천의 예상을 완전히 뒤엎는 일이 벌어졌다.

다가오는 건 날씬한 몸매를 지닌 여인이었다.

또각또각.

사뿐사뿐 걸어오는 여자를 보던 유천의 눈이 점점 커졌다.

"이건 뭔 시추에이션?"

유천이 놀란 이유는 오로지 한 가지였다.

나타난 여인은 하늘에 맹세코 생전 처음 본 미녀 중의 미녀였다.

보는 것만으로도 눈이 부시다.

그저 사람들이 듣기 좋으라고 한 말인 줄 알았는데 지금은 예외였다.

다가오는 여인.

금발은 길게 출렁이며 빛을 발하고 매혹적인 눈동자는 그 속으로 빨려들어 갈 정도로 신비했다.

마치 유혹하듯 붉은 입술을 살짝 벌려 가는 숨을 토하자 유천의 가슴이 벌렁거렸다.

그뿐이 아니었다.

희다 못해 반투명한 피부.

부드러운 곡선을 타고 나올 데는 나오고 들어갈 덴 어김없이 들어간 몸매가 얇은 옷 사이로 보일 듯 말 듯 애간장을 녹였다.

"죽인다."

당장에라도 끌어안고픈 충동에 눈이 충혈되어 갔다.

여인은 그야말로 남자의 본능을 한없이 자극하는 스타일

이었다.

"호호."

여인은 더욱 화사한 미소를 지으며 몸을 살짝 꼬았다.

그러자 아찔한 현기증과 함께 강한 유혹이 유천 머릿속으로 박혀드는 느낌이다.

유천이 잠시 멍하니 바라보자 여인은 앞으로 다가와 팔을 슬며시 잡았다.

찌릿.

부드러운 느낌과 함께 마치 뼈마디가 하나도 없는 듯 부드러운 여인의 손길에 유천은 정신이 반쯤 날아갔다.

여인은 유천에게 서서히 다가서며 살포시 껴안아 왔다.

유천은 마치 나무토막인 듯 여인의 손길을 그대로 받아들였다.

여인의 고개가 유천의 어깨에 파묻히는 순간 새파란 광채가 빛났다.

어느덧 유천의 등 뒤로 간 여인의 손에서 시퍼런 칼날이 번쩍였다.

여인이 곧바로 안았던 손을 들고 칼을 등에 꽂으려는 동작을 취했다.

그때였다.

푹!

유천의 주먹이 미련 없이 여인의 왼쪽 가슴을 강타했다.

"컥!"

아름다운 여인의 입에서 피가 주르륵 흐르는 순간 유천은 가차없이 한곳을 몇 번이나 가격했다.

퍽!

"악!"

짧은 비명과 함께 여인이 땅바닥에 쓰러졌다. 유천은 냉정한 눈빛으로 누운 여인에게 한마디 했다.

"어디서 허튼수작을."

"정신이… 있었어?"

"뚜렷이."

반은 거짓말이다.

솔직히 유천은 여인의 미모에 홀려 반쯤 넋을 놓았다. 그러나 희미한 의심 하나가 끝까지 이성을 지켜냈다.

여기엔 동료가 없단 결정적인 사실 말이다.

분노와 좌절로 얼룩진 여인이 발악하듯 소리쳤다.

"난 여자야! 그것도 아름다운!"

"알아. 그런데 적이더군."

"어떻게… 여자를?"

"적에게 남녀 구별이 있나?"

담담한 유천의 말에 여인이 원독에 찬 눈빛을 쏘아냈다. 그리고 잠시 꿈틀거리던 여인은 땅에 쓰러진 채 그대로 굳어갔다.

유천의 눈이 차갑게 가라앉아 냉정하게 빛났다.

"어머니 외에 믿을 여자 아직 없어. 예쁘긴 하지만."

그 말을 끝으로 미련을 깨끗이 버렸다.

"자, 이제 누가 나올 것이냐?"

유천의 눈빛이 새파랗게 빛났다.

그때였다.

번쩍.

눈앞에서 빛이 번쩍이더니 유천의 머릿속으로 뭔가 쏟아져 들어오는 듯한 느낌이 들었다.

"윽!"

유천은 짧은 비명과 함께 심하게 비틀거렸다.

한없이 쏟아져 들어온 빛은 이어 유천의 머릿속에 무언가를 사정없이 심어놓을 듯 파고들었다.

"으악!"

유천은 고통에 몸부림치며 빛을 피하려고 발버둥 쳤으나 어디로 몸을 돌리든 빛은 집요하게 쫓아와 유천의 머릿속을 계속 파고들었다.

인간의 한계를 넘나드는 고통에 유천은 그야말로 미칠 지경이었다.

"안 돼!"

발작하며 소리친 유천은 주먹을 불끈 쥐었다.

파지직!

온몸이 타들어가는 강한 충격이 느껴졌다. 미칠 듯한 고통에 유천이 자신도 모르게 소리쳤다.

"아악!"

"헉!"

악몽에서 깨어난 유천은 자리에서 벌떡 일어섰다. 이미 온몸은 땀으로 뒤범벅이 된 후였다.

"후, 또 악몽이야."

유천은 한숨을 푹 내쉬는 순간 격한 허기를 느꼈다.

손 하나 까닥할 수 없는 심한 무기력증이 온몸을 휩쓸어오자 유천은 반사적으로 식탁에 있는 인스턴트식품을 집어갔다.

부르르르.

손이 떨리며 연신 흔들리기 시작했다.

"살아야 한다."

유천은 단 하나의 대명제를 가지고 기를 쓰고 식탁 위의 인스턴트식품을 집으려 모진 애를 썼다.

얼마나 발버둥을 쳤을까, 유천은 마침내 빵 하나를 집어 들었다.

"휴."

막 입에 넣으려는 순간 유천이 인상을 확 구겼다.

"빌어먹을."

유천이 잡은 빵에서 쉰내가 물씬 풍겼다. 허탈감을 느낄 시간도 없이 곧바로 손을 뻗었다.

또 한 번의 사투가 벌어진 후에야 유천은 봉지에 들어 있는 초콜릿 하나를 집어 들었다.

"그래, 허기에는 단 게 최고지."

유천은 덜덜 떨리는 손으로 초콜릿 껍질을 겨우겨우 벗겨 갔다.

"어떤 인간이 초콜릿 포장을 이리 정성껏 했어?"

쓸데없는 투정을 부리던 유천은 기어코 포장지를 벗기고 초콜릿을 통째로 입안으로 집어넣었다.

우적우적.

초콜릿을 먹고 나자 조금은 허기가 가시는 기분이 들었다. 하지만 아직도 심한 굶주림으로 유천의 눈은 퀭하게 꺼져 있었다.

"하나 더."

말하는 순간 유천은 격한 피로감에 스르르 눈을 감았다.

그렇게 얼마를 잤을까, 유천이 다시 눈을 떴을 때 유천은 아까와 다른 훨씬 나은 몸 상태였다.

"초콜릿이 좋은 식품이네."

유천은 조금은 여유로운 동작으로 식탁 위에 있는 음식을 미친 듯이 흡입하기 시작했다.

마치 걸신들린 모양으로 집어넣던 유천이 멈춘 것은 식탁이 텅 빈 후였다.

"끄윽."

길게 트림을 한 유천은 만족스러운 얼굴로 다시 잠에 빠져들었다.

다음 날 오전, 잠에서 깨어난 유천은 한결 나아진 몸 상태를 보고 흐뭇한 미소를 지었다.

"됐어."

유천은 곧바로 샤워실로 들어가 깨끗하게 머리부터 발끝까지 몸을 씻고 난 후에야 휘파람을 불면서 거실로 나왔다.

내의부터 시작해서 새로 갈아입은 후 유천은 그때서야 비로소 시계를 봤다.

"9일?"

이번에는 9일이었다. 맨 처음 기절했을 때보다 이틀이 더 걸렸다.

"참 길다. 아!"

탄성을 발하던 유천의 머리에 다른 기억이 스며들었다.

석함, 수련.

분명히 금발노인의 강함이 석함에 고스란히 담겨 있었다.

그러나 곧바로 유천은 실망할 수밖에 없었다.

문제는 수련 기간과 고통이었다.

뼈를 깎는 어려움과 긴 수련 기간이 떠오르자 고개를 절레절레 흔들었다.

"스피드 시대야. 할 일도 많고."

유천은 간단하게 상황을 해결했다.

충분히 젊음을 즐기고 나이 들면 그때 생각해 보기로 결심했다. 지극히 현실적인 판단이었다.

게다가 이 정도 능력이면 살아가는 데 충분했다.

솔직히 한국에 돌아가 할 일이 수두룩한데 한가하게 수련할 시간은 어디에도 없었다.

결정하니 속이 후련했다.

더 중요한 건 악몽이 끝났는지가 관건이었다. 마음은 급했지만 확인하기 위해선 밤이 오길 기다려야 했다.

유천은 강박관념을 지우고 느긋하게 TV 영화 시청에 열중했다.

이럴 땐 뭔가에 집중하는 것이 시간 죽이기에 좋았다.

다음 날 아침.

"이야!"

유천이 두 팔을 번쩍 들었다.

오랜만에 아무런 악몽 없이 잠에 취한 후라 머리부터 발끝까지 상쾌한 느낌이다.

도대체 얼마만의 숙면인지 기억조차 희미했다.

입이 귀까지 찢어질 정도의 기쁨을 한동안 만끽한 유천은 침대를 벗어나 곧바로 욕실로 향했다.

쏴아!

차가운 물줄기를 맞자 정신이 번쩍 들었다.

더불어 동시에 상쾌한 기분이 들자 유천은 갑갑해진 몸을 물의 힘을 빌려 쓱쓱 밀기 시작했다.

그런데 유천의 눈이 커졌다.

"뭐야?"

마치 처음부터 분리된 듯이 피부에서 마치 때처럼 슥슥 떨어져 나간다.

"왜 이래?"

놀란 유천이 아무리 봐도 거무튀튀한 피부 조각, 자신의 것이 분명했다.

유천은 시선을 돌려 피부가 벗겨진 곳을 바라보다 화들짝 놀랐다.

"이럴 수가!"

마치 애기처럼 뽀얗고 하얀 피부가 선명히 드러나 있다.

떨리는 손으로 만지자 보기완 달리 강인한 근육이 꿈틀거리는 모습이다.

유천이 손을 옆으로 옮겨 밀자 힘없이 떨어져 나가는 살갗이다.

마찬가지로 또 뽀얀 피부가 나타나자 유천의 눈이 번쩍였다.

"혹시?"

그 생각이 들자마자 유천은 아예 욕조에 걸터앉아 때를 밀듯이 피부를 벗겨내기 시작했다.

슥슥.

별로 힘을 주지 않아도 살갗은 스르륵 벗겨져 나갔다.

10여 분이 지나자 머리에서 발끝까지 모든 피부가 떨어져 나갔다. 아픔은커녕 상쾌한 느낌만 몸에 가득하다.

"돌겠네."

거울 앞에 서는 순간 유천은 얼어붙고 말았다.

구릿빛으로 빛나던 피부는 오간 데 없고 뽀얗고 하얀 귀공자풍의 남자가 시선에 들어왔다.

그뿐만이 아니었다.

윤곽도 이전과 확실히 달라져 자신이 봐도 멋들어진 얼굴이다.

부드럽지만 강한 육체.

그러나 유천은 한 가지를 더 느꼈다.

눈빛.

눈빛이 전과 확연히 달라져 있다.

그윽하면서도 깊은 눈빛은 스스로 보아도 빨려 들어갈 듯한 기분이다.

이 정도라면 어디 가서도 꿀리지 않을 외모가 분명했다.

거울에 비친 유천은 고생이라고는 하나도 해보지 않은 곱상한 귀공자풍의 남자로 변신해 있었다.

한참을 거울을 보던 유천이 싱긋 웃다 입을 벌린 채 굳었다. 전과 달리 유난히 하얀 치아가 눈에 띄었다.

"미백한 것도 아니고."

거울 앞에 바짝 다가서 치아를 바라보던 유천은 스스로 감탄했다.

"깔끔하네."

하얀 치아, 어디 하나 군더더기가 없다. 그뿐만이 아니다. 가지런한 치아는 마치 조각을 한 듯이 제자리에 그대로 붙어 있었다.

그야말로 어디 하나 튀어나오고 들어간 부분 없이 완벽한 치아였다.

"세상에!"

유천은 순간적으로 주먹을 불끈 쥐었다.

결국 자신이 얻은 인연이 보통이 아님을 확실히 몸을 통해서 알았다.

이젠 한국으로 돌아갈 시간이었다.

"가자!"

다시 파리로 돌아온 유천은 서둘러 한국행 비행기를 예약했다.

유천의 바람과는 달리 제일 빠른 비행기가 내일 오후였다.

평소와 달리 한국행 비행기에 탑승하는 손님이 많은 탓이다.

"가는 날이 장날이라더니."

유천이 작게 중얼거렸다.

한시라도 빨리 한국으로 돌아가 어머니를 보고 싶었지만 여기서 한국까지 걸어갈 수는 없었다.

유천은 마음을 비우고 기왕 시간이 남은 김에 파리 이곳저곳을 둘러보기로 작정했다.

"후후."

웃음이 나왔다.

명색이 프랑스 외인부대원이었지만 파리를 제대로 본 적이 없었다.

지원하자마자 훈련 후 곧바로 전장에 투입된 기억이 떠올랐다.

그래도 여권에 프랑스 출입이 찍혔으면 남에게 떠들 거리 정도는 필요했다.

그러나 몇 시간 둘러보지 않아 유천은 눈살을 찌푸렸다

"여기가 무슨 문화와 예술의 도시라고."

유천의 생각과는 달리 파리 시내는 상상외로 지저분하기 이를 데 없었다. 곳곳에 버려진 쓰레기와 오물이 후각을 자극했다.

역겨운 냄새에 유천은 코를 감싸 쥐었다.

"더러운 자식들."

그래도 언제 다시 파리에 오겠느냐는 생각에 유천은 꾹 참고 이쪽저쪽을 둘러봤다.

튼튼한 두 다리는 아무리 걸어 다녀도 피로감을 몰랐다.

하지만 오랜 숙원을 해결한 유천의 표정은 들떠 있어 무척
밝았다.

악몽에서 해방된 기분으로 자유롭게 떠돌던 사이 어느새
어둠이 파리의 밤하늘을 짙게 물들였다.

불이 켜지자 낮과는 달리 야경이 환상의 조화를 이뤘다.

"좀 낫다."

유천이 그때서야 미소를 지으며 천천히 파리 시내를 걸어
다녔다.

손에 테이크아웃 커피 한 잔을 들고 다니던 유천은 골목길
안에서 들리는 광경에 눈살을 찌푸렸다.

불과 2, 3미터 안에서 한 여자가 세 남자에게 질질 끌려가
고 있었다.

여자는 술에 취한 듯 제대로 걷지도 못했다.

팬티가 보일락 말락 하는 미니스커트가 허벅지 위로 말려
올라가 보기 민망했다.

"아주 떡이네."

불빛에 얼핏 비친 여자의 얼굴은 누가 봐도 동양인이었다.

"지구 반 바퀴를 돌아와서 주접을 떨어요."

유천은 그리 좋지 않은 기분으로 막 걸음을 옮기려는 순간
가늘게 들리는 소리에 우뚝 섰다.

"살려… 주……."

분명히 한국말이었다.

하필이면?

살려달라는 말은 여자가 자신의 뜻과 상관없이 끌려간다는 소리다.

귀찮은 마음에 그냥 갈까 했지만 유천은 한국말이 마음에 걸려 골목 안으로 들어섰다.

그리고 한 가지 더한다면 파리에서의 마지막 밤에 꺼림칙한 기억을 남기기 싫단 지극히 단순한 이유였다.

저벅저벅.

천천히 다가서던 유천 앞에 한 프랑스 청년이 위협적으로 다가섰다.

촤르륵.

그가 현란하게 잭나이프를 돌리며 작은 소리를 냈다.

그러나 무심히 바라보던 유천의 발걸음은 멈출 줄을 몰랐다.

"좋은 말로 할 때 꺼져, 노랭아."

"……."

프랑스 청년의 협박에 유천이 대답 없이 다가섰다.

"이 새끼가."

자신을 무시한단 생각에 화가 머리끝까지 난 프랑스 청년이 잭나이프로 유천 오른팔을 찔러왔다.

초보는 아닌 듯 익숙한 동작에 유천의 눈썹이 꿈틀거렸다.

탁.

어느새 옆으로 비켜선 유천이 오른손으로 상대 팔뚝을 쳤다.

"컥!"

마치 쇠망치로 강하게 친 듯한 충격에 프랑스 청년이 비틀거리는 순간 오른발이 옆구리를 사정없이 강타했다.

털썩!

프랑스 청년은 맞자마자 기절한 채로 길거리에 쓰러졌다.

"저 자식이."

싱글거리며 바라보던 나머지 프랑스 청년들이 놀라 미친 듯이 유천에게 덮쳐들었다.

휘릭.

두 프랑스 청년의 팔을 잡고 원을 그렸다.

두둑.

탈골되는 소리와 함께 비명도 함께 들렸다.

"으으."

너무 아프면 신음도 작게 마련이다.

퍼퍽!

유천은 냉정하게 뒤통수를 사이좋게 한 대씩 선사했다.

적절한 강도를 가해 뇌진탕을 겨우 면할 정도의 위력이다.

푹.

짧은 시간이 지난 후 곱게 쓰러진 세 청년을 바라보던 유천은 흠칫했다.

어느새 여자가 바닥에 누운 채 흐느적거리고 있었다.

"작작 처먹지."

유천은 가까이 다가서서 물었다.

"정신 차려요."

"으음."

여자는 정신을 차리지 못하고 문어처럼 팔다리를 늘어뜨렸다. 묵묵히 바라보던 유천은 인상을 찡그렸다.

버리고 가기도 뭣해서 할 수 없이 등에 업었다.

"한국말 쓴 거 큰 복인 줄 알아."

중얼거리던 유천이 천천히 걸음을 옮겼다

"욕 나오네."

유천은 고장 난 모텔 문고리에 울화가 치밀었다.

겉보기와 달리 모텔 안은 낡을 대로 낡아 문고리조차 고장이었다.

잠금장치도 고장이라 살짝 돌리기만 해도 스르륵 열렸다. 고치려고 애써 봤지만 도구가 없어 불가능했다.

게다가 마침 주말이라 모텔 방은 가득 차 옮길 방도 없었다.

이대로 가버리면 누가 몰래 들어와 몹쓸 짓을 할지도 몰랐기에 난감했다.

침대엔 여자가 죽은 듯이 잠들어 있다.

"면상만 그럴듯해 가지고."

투덜거리던 유천은 어쩔 수 없이 소파에 길게 누워 잠을 청했다.

좀 전의 장면을 생각하니 여자에게는 어떤 욕망도 일지 않았다.

'편하네, 편해.'

유천이 스르르 눈을 감았다.

6장

귀국

"아악!"

째지는 소리에 유천이 부스스 눈을 떴다.

침대 위에선 이불로 몸을 가린 여자가 새파랗게 질린 얼굴로 자신을 바라보고 있었다.

"누, 누구… 세요?"

"술이 떡이었으니 기억이나 날까?"

"누구냐고요?"

"빽빽 소리치지 말고 세수나 해."

유천이 심드렁하게 말하자 여자가 독기 서린 시선으로 노려봤다.

"나한테 무슨 짓을 한 거예요?"

"침대에 놨지."

"정말요?"

"옷이 그대로잖아?"

유천의 말에 옷과 몸 상태를 살펴본 여자가 민망한 기색을 감추고 엉뚱하게 나왔다.

"이 상황, 설명 좀 해봐요."

"내가 왜?"

"어서요."

이성을 찾은 여자의 말에 유천이 똑바로 쳐다봤다. 또렷한 이목구비에 날씬한 몸매가 한눈에 들어왔다.

미인이었다.

'요새 미인 복이 터지네.'

유천이 실소를 머금자 여자가 약간 하이 톤으로 다시 말했다.

"어서요!"

"어젯밤 일 기억 안 나?"

유천이 되묻자 여자 이마가 좁혀졌다.

1분여 생각하던 여자가 탄성처럼 소리쳤다.

어젯밤 겨우 술 한 잔 마시고 정신 못 차린 기억이 난 탓이다.

"아!"

"외국에서 술 함부로 처먹지 마. 인도에서 성폭행당한 이야기 못 들었어?"

"……."

"프랑스 남자들이 멋져 보이지? 알고 보면 여자만 보면 환장하는 더러운 놈들이야. 한국말로 하면 질 나쁜 늑대들이야."

"그놈들은요?"

여자 질문에 유천이 잠깐 생각한 후 미소 지으며 대답했다.

"좀 아플 거야. 깼으니 갈게."

"잠깐만요. 전화번호라도 주세요. 나중에 신세 갚을게요."

"됐고, 몸조심해."

유천은 귀찮단 듯 서둘러 일어섰다. 약간 자존심이 상한 듯 여자가 날카롭게 말했다.

"전화번호 달라고요!"

"없어."

"휴대폰 없어요?"

"그런 거 안 키워. 간다."

"이봐요."

"더 할 말 있나?"

자존심이 상해 화를 버럭 내려던 이주희가 유천의 얼굴을 제대로 보곤 흠칫했다.

그녀가 보기에도 유천의 얼굴은 보통 사람과는 확연히 달랐다.

티 없이 맑은 피부에 뚜렷한 이목구비, 거기다 그윽한 눈빛을 보니 저절로 빨려들어 가는 느낌이다.

순간 이주희는 땅을 치고 통곡하고 싶은 심정이 되었다.

'왜 이런 상황에서…….'

좀 더 좋은 만남을 가질 수 있었건만 최악의 상황이다.

'어떻게 생각할까?'

그 마음이 들자 더욱 화가 나며 유천에게 버럭 인상을 구겼다.

여자의 미묘한 심리가 발동된 탓이다.

"그때 전……."

장황한 설명이 이어지는 순간 유천이 손을 들었다.

"아, 그만."

말문이 막힌 이주희가 침묵하는 사이 유천이 자리에서 천천히 섰다.

"남의 사정을 들어줄 만큼 한가하지가 않아서. 그럼 이만."

"아니, 여보세요."

"무사하니 된 거 아닌가?"

유천은 싱긋 웃으며 방문을 열고 나와 버렸다. 이주희는 이를 부드득 갈았다.

"어떻게……."

생전 처음 무시당했다는 기분에 눈빛이 묘하게 번쩍였다.

그러거나 말거나 유천은 그 말을 마지막으로 객실을 나섰다.

하룻밤 묵을 모텔비는 좋은 일 했다고 치고 넘어갔다.

"내 건 아니라도 한국 여자를 프랑스 놈이 먹으면 기분 안 좋지."

유천은 빙글거리며 거리로 나섰다.

만 하루가 지난 후 인천국제공항에 내린 유천은 곧바로 병원으로 직행했다.

서울대학병원 입원실.

유천이 보내준 돈으로 어머니는 그나마 덜 북적대는 2인실에 누워 있었다.

어머니 얼굴을 보자 그동안의 고생이 말끔하게 사라지는 기분이다.

유천은 잠자는 어머니 손을 꼭 잡고 낮게 말했다.

"어머니, 접니다."

유천의 목소리가 들리자 어머니가 놀라 눈을 떴다.

처음엔 헛것인 줄 알고 몇 번이고 눈을 비비던 어머니가 떨리는 목소리로 소리쳤다.

"유천아! 우리 유… 천이 맞지?"

"좀 오래 있다 왔죠?"

"조금이 삼 년… 이야?"

"편지 보냈잖아요."

"이 어미 때문에 네가 고생……."

말문이 막힌 어머니 얼굴을 유천이 슬며시 어루만졌다.

"덕분에 돈 좀 벌었습니다."

"도대체 어디 갔다 온 거냐?"

"빌린 돈 갚느라고 외국에서 일 좀 했습니다."

"나 때문에……."

어머니가 눈물을 흘리자 유천이 얼른 어머니를 끌어안았다.

가슴이 쩡하니 아픔이 자리했다.

3년 사이 삶의 무게가 짓눌러댄 흔적이 어머니 얼굴과 몸 곳곳에 남아 있었다. 목이 메어왔지만 유천은 일부러 쾌활하게 소리쳤다.

"어머니, 이렇게 같이 있는 것만으로도 좋지 않습니까? 저 돈도 많이 벌어왔습니다!"

"고생 많았지?"

"그만큼 돈도 생겼어요."

"네가 있는 게 더 좋다."

"저도 마찬가지예요."

모자는 서로를 바라보며 빙그레 웃었다. 이성을 찾은 어머니가 화사하게 웃으며 말했다.

"그런데 어째 고생은 별로 안 한 모습이구나."

"고생이요? 뭐, 별로요."

고생이라면 죽도록 한 유천이지만 대놓고 이야기할 순 없었다.

어머니는 그런 유천의 몸과 상관없이 자신의 생각을 털어놓았다.

"얼굴도 더 하얘지고 어떻게 더 멋있어진 것 같다, 내 아들?"

그제야 어머니의 말뜻을 알아챈 유천이 눈을 찡긋거렸다.

"원래 이 아들 멋지잖아요."

"그래, 편하게 지낸 듯 보여서 좋다."

어머니의 오해였지만 굳이 오해를 풀어줄 이유는 없었다.

또 풀려고 한다면 도무지 이해할 수 없는 이야기를 늘어놓아야 할 것이다.

그럴 이유는 없었다.

그런데 어머니와 기쁨의 상봉을 나누던 유천이 깜짝 놀랄 상황이 벌어졌다. 갑자기 어머니 입에서 익숙한 이름이 들렸다.

"진수야, 너 마침 잘 왔다."

"진수요?"

놀란 유천이 고개를 돌리는 순간 뜻밖의 인물이 서 있었다.

진수, 바로 그의 친구가 서 있는 것이 아닌가.

순간, 유천은 3년 전 어머니에게 했던 거짓말이 생각나 순간 당황한 채 아무 말도 못하고 진수를 바라보았다.

'이게 뭔 시추에이션? 저 자식이 여길 왜?'

진수도 당황한 듯 유천을 바라보며 멍하니 서 있다.

툭.

손에 들려 있던 과일 봉지가 바닥에 떨어진 것도 모를 정도로 크게 놀란 모습이다.

아직 사태 파악이 안 된 어머니는 빙그레 미소 지으며 유천에게 말했다.

"얼마나 고마운 친구니. 치료비도 빌려주고, 거기다가 이 어미 간병을 진수가 쭉 했단다."

"간병을 해요?"

"그럼. 진수가 아니었으면 병원 생활 힘들었어."

"어, 그래요?"

유천의 표정이 점점 더 묘해져 갔다.

어머니는 유천의 마음도 모르고 즐겁게 미소 지으며 말했다.

"너도 알다시피 친척도 변변치 않아서 간병할 사람도 없잖니."

"아, 네."

당황한 유천은 마음을 평정시키기도 어려웠다.

도무지 예상치도 못한 상황에 어떻게 처신해야 할지 난감했다.

전혀 예상치 못한 일에 침착하기란 그리 쉬운 일이 아니었다.

그건 김진수도 마찬가지인 듯 떨떠름한 표정이다. 어머니가 두 사람의 표정이 이상한 걸 보고 물었다.

"너희들 왜 그러니?"

"아닙니다. 진수야, 잠깐 나가서 이야기하자."

"어, 그래."

김진수도 반가운 듯이 바로 유찬의 뒤를 따라나섰다.

뒤에 남아 있는 어머니가 고개를 갸웃거렸다.

"쟤들이 왜 저러지?"

병원 밖으로 나온 유천이 진수에게 다짜고짜 물었다.

"도대체 어떻게 된 거야?"

"그건 내가 할 말이야, 이 자식아."

"내가 할 말이라니? 도대체 지금 네가 여기 왜 있는데?"

유천의 속사포 같은 말에 김진수가 어이없단 듯 한숨을 푹 내쉬었다.

잠시 침묵하던 김진수가 낮은 목소리로 물었다.

"들려줄까?"

"어서 해봐. 답답해 돌겠다."

유천이 서둘러 얼굴을 들이밀자 김진수가 천천히 그동안의 사연을 하나씩 털어놓았다.

"네가 행방불명되던 3년 전에 병철이한테 연락이 왔어."

"병철이가?"

"그래. 넌 외국 갔다 하고 어머니가 날 찾는다는 소리에 얼른 병원으로 왔지. 그런데 뜻밖의 소리를 하시더군."

"혹시 병원비?"

그제야 상황이 정리된 유천이 묻자 김진수가 곧바로 대답했다.

"그래, 병원비를 빌려줘서 고맙다고 손을 하염없이 쓰다듬으시더라. 그때 얼마나 당황했는지 알아?"

"어. 그, 그래."

유천이 말을 더듬었다.

자신이 김진수 입장이라도 얼굴 붉어질 상황임은 분명했다.

김진수는 그때서야 기세등등하게 유천에게 물었다.

"야, 이 자식아, 계획을 짰으면 나한테 얘기를 해주던지, 듣도 보도 못한 소리를 들으니 얼마나 당황했겠어?"

"미, 미안하다."

"시팔. 주머니에서 먼지만 나던 내가 하루아침에 통 큰 인간이 됐더라. 어머니가 병문안 오는 놈들에게 다 말해서 쪽팔린 기분에 아차하면 창문으로 뛰어내릴 뻔했어."

"미안하다 했잖아."

유천이 사과했지만 김진수의 울분은 여전히 남아 있었다.

"친구들이 묻더라. 꼬불친 돈이 있었냐고."

"오해 샀구나."

"약 사 먹고 죽을 돈도 없는 놈에게 아주 지랄들을 하더라."

"사실대로 이야기하지 그랬냐?"

유천이 말하자 김진수의 한숨이 깊어졌다.

"그놈들이 믿냐? 술 한잔 사달라는데 아주 골 때리더라."

"계속해 봐."

유천이 재촉하자 잠시 노려보던 김진수의 입이 술술 터졌다.

"다행히 내가 눈치가 좀 빠르지 않냐. 그래서 어머니한테 대충 둘러쳤다."

"그건 고맙고, 그런데 왜 병원에 있어?"

"알다시피 그때 내가 부도났었잖아."

"그랬지."

유천이 고개를 끄덕이자 김진수가 한마디 했다.

"갈 데도 없고 마침 어머니도 편찮으시고 해서 내가 병간호했어. 물론 어머님이 하도 고맙다 하셔서 양심에도 찔리고. 왜 떫냐?"

"자식, 힘들진 않았냐?"

"힘들긴 했는데 뱃속은 편하더라."

"뱃속이 편하다니?"

유천이 의아한 듯 묻자 김진수가 자신의 사정을 털어놓았다.

"채권자들한테 쫓기기도 지쳤는데 조용히 병원에 있으니까 속은 편하더라. 그리고 그때 돈도 없어서 단칸방 얻을 돈도 없었어."

"그 정도였냐?"

"주머니에 달랑 몇 만 원 남더라. 그걸로는 고시원도 못 가겠더라. 어머님 덕분에 병원에서 잠자니까 숙소는 해결되더라고."

"그래서? 용돈은?"

유천이 묻자 김진수가 담담하게 말했다.

"병원에서 자고 주말에는 막노동판에서 일해서 먹고살았지, 뭐."

퉁명스러운 말투였지만 유천은 한 가지를 깨달을 수 있었다.

아무리 돈이 없다 해도 젊은 몸이 어디서 입에 풀칠이야 하겠는가.

그렇다면?

김진수 행동은 당연히 우정이었다.

"진수야."

"왜 이렇게 목소리를 내리깔고 그래?"

"뭐라고 고맙다고 얘기해야 될지 모르겠다. 정말 고마워."

유천이 말하자 김진수가 어색한 듯 시선을 돌렸다.

"그럼 어쩌냐, 자식아. 친구라는 놈은 온데간데없이 행방불명됐지, 어머니는 수술 받고 홀로 병원에 누워 계시지. 어쩌라고?"

"새끼, 네 말처럼 쉬운 일이 아니잖아. 네 형편도 지랄이었는데."

"그냥 잘 방이 없었다고 생각해라."

"진수야, 고맙다."

몇 번이고 고맙다고 말한 유천이 김진수의 손을 잡았다.

넋 놓고 있던 김진수가 질색하며 소리쳤다.

"이 자식, 왜 이래, 징그럽게?"

"그래, 친구 사이에 더 이상 얘기는 하지 않으마. 대신 내가 오늘 근사하게 술 한잔 사지."

"어머니 퇴원시킨 다음에 사라. 네 어머니랑 3년 동안 살다 보니까 정도 많이 들었어. 이젠 우리 어머니 같아."

"하긴 넌 어머니가 안 계시니."

유천이 그때서야 고개를 끄덕였다.

김진수가 어려서 어머니를 여의고 힘들게 살던 과거가 생각났던 탓이다.

열심히 사업한다고 애썼지만 결국 부도라는 악몽을 두들

겨 맞고 무너진 친구의 모습이 안타깝기만 했다.

생각하던 유천의 어깨를 김진수가 살짝 쳤다.

"이제 둘이서 입을 맞추자. 내가 어머니한테 했던 말은……."

김진수의 말을 귀담아듣던 유천이 고개를 끄덕였다.

"알았다. 그렇게 하도록 하자. 일단 병실에 들어가자고."

"자식, 도대체 어디에 있었냐?"

그때서야 김진수가 궁금한 듯 묻자 유천이 솔직하게 대답했다.

"병원비 벌려고 외인부대 있었어."

"설마 프랑스 외인부대 얘기하는 거 아니지?"

"맞아."

"간덩이 부은 놈. 위험하지 않았어?"

김진수가 경악한 듯 눈을 크게 떴다.

약간 민망해진 유천은 별것 아니란 듯 얼른 말을 돌렸다.

"존나게 위험했다."

김진수가 유천에게 피식 웃으며 말했다.

"한데 존나게 고생한 놈이 그렇게 얼굴도 뽀사시해졌냐?"

"……."

순간적으로 말을 잃은 유천이다.

"미친 새꺄, 아무리 돈이 급해도 그렇지, 어떻게 거길 갈 생각을 해?"

"너라면 어쩔래?"

유천이 표정을 굳히며 되묻자 말문이 막힌 김진수가 딴청을 피웠다.

"좌우간 살아왔으니까 됐어."

"이제 복무 기간 끝났으니까 다시 민간인이야."

"나중에 그 얘기 한번 술자리에서 들어보자."

김진수가 말하자 유천이 끄덕였다.

"3박 4일 얘기해도 모자랄 화젯거리가 수두룩하다."

"그래? 조만간 알게 되겠지."

두 친구는 서로를 바라보면서 빙긋 웃었다.

그때 유천이 김진수에게 생각난 듯이 말했다.

"진수야, 기왕 도와준 거, 하나만 더 해줘."

"이 새끼가 염치도 없이. 뭐야?"

"어머니 요양할 만한 곳에 집 하나 알아봐 줘. 알다시피 삼년 만에 어머니 봤는데 또 월세 방에 모시기가 뭐해서 그래."

"효자 났네."

김진수가 비아냥거렸지만 유천은 좋게 넘어갔다.

"건강이 제일이잖아. 연세도 있으시고."

"사는 거야?"

김진수가 묻자 유천이 고개를 저었다.

"아니, 전세. 가급적 일억 이내로 해줘. 방은 세 개 정도면 돼."

"조건도 더럽게 많네. 알았어."

김진수가 시원하게 승낙하자 유천이 어깨를 으쓱했다.

"친구 하나는 잘 둔 것 같네."

"닥쳐."

김진수 눈빛이 사나워졌다.

다시 병실로 들어선 유천과 김진수의 얼굴이 싹 변했다. 작은 눈치싸움 끝에 포문은 유천이 먼저 열었다.

"어머니, 진수 이 녀석 대단하죠? 이 자식, 제 친구 맞습니다. 만나서 웃고 떠들기만 하는 친구요."

"그래, 이런 친구 하나만 있어도 평생 외롭지 않단다."

어머니의 얼굴이 대번에 화사하게 변했다.

옆에서 조용히 듣고 있는 김진수의 표정이 시시각각 변했다.

없던 일이 이젠 완전히 과거에 했던 것으로 끝났다.

낯간지럽지 않다면 이상한 일이다.

그러나 어머니의 시선이 자신에게 돌아오자 싹 변했다.

김진수가 빙긋 웃으며 유천의 어깨를 다정하게 짚었다.

"친구라면 당연한 일이죠."

"진수야, 우리 유천이랑 평생 친하게 지내렴."

"그럼요. 신세 갚을 때까지 아주 징글징글하게 붙어 다닐 겁니다."

김진수의 말에 유천은 불안감을 느꼈다.

가만히 어머니 표정을 보니 김진수에게 조그만 실수라도 했다간 아주 혼쭐이 날 것 같았다.

'너무 오버했나?

감격적인 상봉이 이뤄진 지 채 이틀도 지나지 않아 어머니가 폭탄선언을 했다.

"이제 그럭저럭 살 만하니 집에 가자."

"네? 치료는요?"

"받을 건 다 받았어. 집에서 쉬면 돼."

"어머니, 조금만 더 입원해 계시죠?"

유천은 아직 파리한 안색인 어머니의 병세가 걱정돼 말렸으나 꿈쩍도 하지 않았다.

이윽고 이틀간 자리를 비우고 방금 도착한 김진수까지 거들고 나섰다.

"어머니, 조금 더 있다가 퇴원하시죠?"

"됐어. 어미가 돼서 아들이 피땀 흘려 벌어온 돈으로 편하게 누워 있는 것도 싫어."

"유천이가 외국 나가서 돈 많이 벌었대요."

김진수가 거듭 말렸지만 어머니는 요지부동이었다.

"있을 때 아껴야지. 뭐하니? 얼른 퇴원 수속 밟아라."

어머니는 완강했다.

김진수가 머쓱해져 뒤로 물러섰다.

결국 설득하다 지친 유천이 담당 의사까지 불러와야 했다. 그러나 담당 의사도 유천의 편은 아니었다.

"그리던 아들을 봐서인지 더 좋아지셨네요. 소견을 말씀드리자면 치료 경과가 좋아서 집에서 통원 치료 하셔도 됩니다."

"혹시 병실이 모자라서 퇴원시키는 것 아닙니까?"

유천이 한 번 더 넘겨짚자 의사가 웃었다.

"요새 병실이 조금 한가해요."

의사의 말에 유천은 포기했다.

병원 생활이 그리 편할 리 없단 생각에 어머니의 의견을 존중하기로 했다.

"집에 가요."

"고맙다."

어머니의 말이 폐부를 찔렀다.

평생 여유 없이 살아온 기억이 말 속에 고스란히 드러났다.

유천은 마음을 숨기고 일부러 쾌활하게 말했다.

"나중에 혹시라도 또 아프시면 특실로 해드릴게요."

그 말을 던지고 유천은 답도 듣지 않고 병실을 나섰다.

결정이 나자 퇴원 수속을 마치고 올라온 유천을 병실 밖에서 김진수가 기다리고 있었다.

유천이 김진수를 보고 물었다.

"집은?"

"준비됐어."

"갑자기 결정 나서 준비된 살림살이가 없네."

"가보면 알아."

"하긴, 보고 준비하면 되지. 들어가자."

서둘러 병실에 들어선 유천이 어머니에게 조심스럽게 말했다.

"어머니, 아무래도 요양하시려면 공기 좋은 데로 가야 되지 않을까요?"

어머니는 아무 말 없이 유천을 쳐다보았다. 유천은 어차피 해야 될 말이기에 시원하게 털어놓았다.

"실은 경기도 광주 쪽에 조그마한 집을 하나 준비해 놨습니다."

"집?"

놀란 어머니의 목소리에 유천이 고개를 끄덕였다.

"그리 큰 집은 아니고요, 공기가 좋아서 어머니 회복하는 데 참 좋을 것 같아서 구해놨습니다."

"비쌌을 텐데?"

"어머니, 저를 키워주신 것에 비하면 아무것도 아닙니다. 아직 저 양육비를 생각하면 악성 채무자거든요."

유천이 농담을 던졌으나 어머니는 표정이 굳어졌다.

"어미가 되어서 아들한테 주지는 못하고……."

"그게 무슨 구석기 시대 사고방식입니까. 식구끼리 있는 사람이 쓰는 것 아닙니까?"

"그래도⋯⋯."

"돈이 있다면 저한테 안 쓰셨겠습니까?"

"⋯⋯."

그 말에 아무 말 없이 고개를 숙이는 어머니의 손을 유천이 잡았다.

"건강하셔야죠. 제 유일한 바람입니다."

"뒤늦게 네 효도를 받는구나."

"효도라니요. 효도는 이제부터 시작입니다. 겨우 이거 가지고요."

모자간에 화목한 대화가 오갔다.

이야기가 끝났고, 잠깐 옆을 바라보던 유천은 아차 하는 기분이 들었다.

어두운 얼굴, 씁쓸한 미소를 억지로 지은 채 김진수가 우두커니 창밖을 바라보고 있었다.

유천은 곧바로 어머니한테 말했다.

"잠깐 진수와 얘기 좀 하고 올게요."

"그래라. 이야기 잘 끝냈으면 한다."

어머니는 뭔가 알고 있는 듯한 눈치다.

역시 세상 오래 산 경험은 무시할 수가 없었다.

유천은 곧바로 김진수에게 다가가 어깨를 쳤다.

"나가서 이야기 좀 하자."

"어, 그래."

역시 김진수의 목소리가 턱 걸려 나오는 느낌이다. 유천은 밖으로 나오자마자 김진수에게 물었다.

"어디 갈 데 있냐?"

"구하면 갈 데야 있겠지."

말투를 보니 뚜렷이 구한 곳은 없는 듯했다. 유천은 그런 김진수에게 말했다.

"같이 가자."

"내가? 거기를 왜 가?"

"같이 가자고, 인마."

"괜찮아."

김진수가 완강하게 거부했으나 유천은 빙긋 웃으며 말했다.

"너 우리 어머니 안 보고 싶어?"

"……."

그 말에는 말문이 막혀 시선을 돌리는 김진수다.

어머니를 어려서 잃은 김진수가 모정에 얼마나 목말라 하는지 어려서부터 누구보다 잘 알고 있었다.

유천은 그런 김진수에게 한 걸음 다가가 말했다.

"어머니와 같이 있으니 좋지?"

"나쁘지는 않지."

"그러니깐 같이 있자고."

잠시 침묵하던 김진수가 고개를 바짝 들었다.

"그럼 방세 줄… 컥!"

얼굴이 붉게 달아오른 유천의 손이 김진수 목을 잡은 채 잔뜩 흥분해 으르렁거렸다.

"개새끼, 뭐라고 떠드는 거야! 뭐, 방세?"

"으, 그게……."

"야, 이 개새꺄, 친구끼리 무슨 방세야? 그리고 내가 무슨 월세로 돈 버는 사람인 줄 알아?"

"아니, 그게 아니고……."

겨우 말하는 김진수에게 유찬이 말했다.

"네가 우리 어머니 간호를 뭘 바라고 했어?"

"……."

침묵하는 김진수에게 유천이 다시 말했다.

"나도 똑같은 마음이야. 잔소리 말고 같이 가자고. 헛소리하면 아주 여기서 죽여 버린다?"

"유천아."

"가자고, 새꺄."

유천이 김진수의 손을 잡아끌었다.

얼떨결에 따라오던 김진수가 이번에는 유천의 어깨를 턱 잡았다.

"유천아."

"왜?"

"시팔, 오늘 기분 되게 좋다."

김진수의 거친 말에 유천이 어깨를 잡은 손을 툭툭 쳤다.

"진작 그러지, 새끼. 꼭 매를 벌어."

"그나저나 왜 이렇게 주먹이 세냐?"

"원래 셌어. 가자."

유천이 발걸음도 당당하게 병실로 향했다.

유천이 병실 문을 열자 어머닌 벌써 사복으로 갈아입고 기다리고 계셨다.

생각해 보니 그리 나쁜 선택이 아닌 듯했다.

병균이 득실거리는 병원보다야 공기 좋은 내 집이 나았다.

유천이 얼른 어머니 앞으로 가 등을 내밀었다.

"등에 업히세요."

"걸을 수 있어."

"어서 업히세요. 어머니가 고집 부려서 퇴원하는 건데 이것까지 안 하시면 저 퇴원 안 시킵니다."

유천이 강하게 나가자 어머니가 어쩔 수 없이 등에 업혔다.

"으샤."

힘을 잔뜩 쥐 어머니를 업던 유천은 순간 멈칫했다.

곧바로 어머니의 목소리가 순간적으로 움찔하게 했다.

"무겁지?"

"아, 아닙니다."

유천이 얼른 말을 돌렸다.

무거워서?

절대 아니었다.

유천은 상상외로 어머니 몸이 가벼워진 것을 느꼈다. 마치 솜덩이를 안은 듯 아무런 무게감도 느껴지지 않았다.

"어머니, 살 빠지셨어요?"

"빠지기는, 병원에 있으면서 하도 잘 지내서 오히려 살이 쪘어."

"그래요?"

유천은 더 이상 말하지 않았다.

아무래도 아프가니스탄에서 얻은 인연이 힘을 더 강하게 해준 모양이다.

사실 힘자랑할 일이 별로 없어서 느끼지 못한 일이기도 했다.

그때 유천에게 문득 떠오르는 생각이 있었다.

'그래서 기관총이 그렇게 가벼웠나?'

그전에는 그렇게 무겁게 느껴지던 기관총을 마치 권총인 양 휘둘렀던 아프가니스탄에서의 기억이 떠올랐다.

그 순간 유천이 입꼬리를 올렸다.

'나쁘지 않아.'

강해져서 나쁠 일은 없었다.

특히 남자가 힘이 있다는 것은 세상 살아가는 데 커다란 무기나 마찬가지였다.

그 생각에 유천은 얼굴 가득 밝은 표정을 지었다.

7장

소소한 사업

　다음 날 오전, 유천은 그동안 숙제로 남겨놨던 궁금증을 풀기 위해 뒷산으로 올라갔다.

　경기도 광주.

　전원주택 단지가 즐비한 터라 산책할 산은 바로 지척이었다.

　등산로를 피해 일부러 한적한 숲으로 들어간 유천은 주위를 살피곤 자세를 바로잡았다.

　"어느 정도인가 볼까?"

　천천히 몸을 움직였다.

　공수특전사 부사관 시절 특공무술과 필살기를 수없이 익

힌 유천이기에 손끝 하나에도 절도가 있었다.

휙! 휙!

동작을 재현하던 유천의 눈빛이 번쩍였다. 손에 강력한 힘이 느껴지며 바람을 가르는 소리가 들렸다.

몸을 움직일수록 점점 차오르는 활기는 더욱더 마음을 흔쾌하게 만들었다.

"어디."

유천은 앞에 있는 돌을 봤다. 단단한 자연석. 전이라면 어림도 없는 일이지만 왠지 할 수 있을 것 같은 느낌이 들었다.

"아자!"

온몸에 힘을 가득 주고 수도로 내려쳤다.

쩍!

너무도 힘없이 돌이 반쪽으로 갈라졌다.

유천의 눈이 점점 커지며 믿을 수 없다는 듯이 주위에 있는 돌을 연신 내려쳐 봤다. 그러나 단 하나도 버티는 돌이 없었다.

힘없이 깨져 나갈 뿐이다.

"이 정도였어?"

유천은 펄쩍펄쩍 뛰고 싶은 심정이었다.

짐작은 했지만 예상치를 뛰어넘는 위력이 싫을 리 없었다.

그러나 유천은 다른 쪽으로 생각을 돌렸다.

"과연 힘만 그럴까?"

유천은 사방을 둘러봤다.

전과 달리 명확히 보이는 주변이다. 하다못해 풀숲에 움직이는 벌레까지도 선명히 눈에 들어왔다.

"시력도 좋아지고, 또 뭐가 있지?"

유천은 점점 더 흥미가 당겼다.

풀숲에 자리 잡고 조용히 눈을 감았다. 몸 안에서 느껴지는 변화를 감각으로 알아볼 요량이다.

피리리.

뜻밖에도 김빠지는 느낌이 맨 처음 맞이했다.

생각과 달리 작정하고 달려들자 의외로 별 소득이 없었다.

'침착.'

내심 스스로를 달래면서 조급함을 버리고 인내력을 발휘해 한참을 노력하던 유천은 그제야 희미하게나마 깨달을 수 있었다.

변화된 건 몸만이 아니었다.

머릿속이 훤히 밝혀지는 느낌과 함께 청량한 기운이 뇌 안에서 감도는 느낌이 들었다. 한동안 기분 좋게 음미하던 유천이 눈을 번쩍 떴다.

"뭔가 부족해."

확실히 엄청난 능력을 얻었다는 생각이 들었지만 갈 길이 멀단 생각이 머리를 지배했다.

꼭 나사 빠진 무언가가 느껴졌다. 한참을 머리를 굴려보고 움직여 봤으나 도무지 해답을 찾을 길이 없었다.

"이 정도면 충분해."

당장 알아낼 방법이 없자 유천은 속 시원하게 포기했다.

어차피 시간이 지나면 해결되리란 희망이 있기에 그리 답답하지는 않았다.

다음 날도, 또 다음 날도 수련은 계속됐다.

"신체는 이 정도면 됐고."

문제는 다른 능력이었다.

분명히 몸 안에 내재된 듯한데 쉽게 드러나지 않아 속 터지는 마음이다.

아무리 노력해도 현재로선 어려워 보였다.

"그래, 이 정도 머리면 돼."

가져온 책을 읽어본 후다.

집중해 읽으면 내용이 어느 정도 뇌리에 기억됐고 이해력도 전과 달랐다. 두 번 정도 보면 어려운 책도 이해가 가능했다.

책만 보면 졸던 유천이기에 스스로가 대견했다.

뿌듯한 마음에 잠시 쉬던 유천은 미래를 생각했다.

"돈이 모자라네."

유천이 생각한 사업을 하기엔 턱도 없이 부족했다.

외인부대에서 죽도록 고생했지만 막상 한국에 오니 그리 큰돈이 아니었다. 게다가 집까지 장만하다 보니 더더욱 찬바람이 불었다.

그때 김진수 생각이 났다.

비록 말아먹었지만 사업한 경험이 있는 친구다.

실패한 아픔이 더 약이 되지 않을까?

잠시 고민하던 유천은 자리에서 일어섰다.

거기에 김진수가 어머니를 3년간 간병한 것, 말처럼 쉬운 일이 아니다.

유천이 바로 김진수를 찾았다.

"웬일이야?"

"너 이렇게 살 거야?"

"무슨 소리야?"

"재기할 생각 없어?"

"있지."

김진수가 대답하자 유천이 물었다.

"뭐로?"

"치킨 사업."

"뭐?"

"대박 날 아이템이 있어."

뚱딴지같은 김진수의 말에 유천이 잠깐 후회했다.

"성공할 자신은 있어?"

"가능성이 커."

김진수의 말에 유천이 한 번 더 물었다.

"요새 누구나 덤벼들어 치킨집 포화상태인 거 잘 알지?"

"이건 달라. 소스 맛이 죽여."

"무조건 오케이 할 순 없고, 일단 먹어봐야겠어."

"기다려."

신이 난 김진수가 얼른 방을 나섰다. 혼자 남은 유천이 천장을 보고 한숨을 몰아쉬었다.

"이 능력에 치킨집이 뭐다냐."

김진수에게 호기롭게 물어본 입을 꿰매고 싶은 심정이었다.

잠시 후 김진수가 치킨 한 접시를 들고 나타났다.

"시식해 봐."

유천은 말없이 닭다리를 잡고 입안에 넣었다.

"어?"

"맛있지?"

김진수 말대로였다.

평소 먹던 치킨과 맛이 전혀 달랐다. 고소하면서도 향기가 입에 감도는 감칠맛이 일품이었다.

"도대체 뭐로 만든 거야?"

"어머니 간병하면서 삼 년 동안 죽어라 연구한 거야."

"사업 구상이 이거였어?"

"처음에 너무 크게 벌려서 실패한 경험을 생각했지. 차곡차곡 올라갈 생각이야."

차분하게 대답하는 김진수가 달리 보일 정도이다.

가만히 음미하던 유천이 다시 물었다.

"재료가 뭐야?"

"그게……."

"됐어. 머리 아파. 혼자만 알아."

유천은 툴툴거렸으나 내심 만족했다.

삼 년간 고생하며 알아낸 비법을 서슴없이 말하는 김진수에게 신뢰가 갔다.

김진수가 긴장 어린 표정으로 물었다.

"어때? 도전할 만하지?"

"하자."

"뭐?"

이번엔 김진수가 크게 놀랐다. 너무도 쉽게 말하는 유천의 이 곧이곧대로 믿기지 않단 표정이었다.

유천이 피식거리며 설명했다.

"외국에서 많이 벌어왔다고 생각했는데 아직 멀었더라. 치킨 사업이라면 큰돈 안 드니까. 그리고 맛도 있고."

"정말 할 거야?"

"진수야, 한 가지만 말할게. 치킨 사업은 딱 1년만 할 거야.

그다음은 네가 알아서 해. 솔직히 요리는 관심 없는데다가 내 취향이 아니야."

"대박 나도?"

"난 갈 길이 달라."

유천이 자리에서 일어섰다.

기왕 할 거면 시원하게 진행함이 옳았다. 더 이상 입씨름해 감정 상할 필요가 없었다.

유천이 기회를 엿보다 김진수의 이야기를 꺼내자 어머니는 미소를 지으며 대꾸했다.

"그냥 치킨이 아니더라. 무슨 소스를 넣었는지 먹어보니 닭 비린내도 전혀 안 나고 입에서 살살 녹더라."

"하, 아무리 그래도 치킨 장사는 아닌데."

유천이 부푼 꿈과 달리 현실을 깨달은 장탄식을 하자 어머니가 깊고 진한 눈빛을 보냈다.

"어지간하면 도와줘라. 그 녀석이 꼭 하고 싶은 모양이야."

"진수가 그리 말해요?"

유천이 묻자 어머니가 고개를 저었다.

"꼭 들어야 아는 건 아니다. 눈치 보면 다 알지."

"……"

"네가 뭘 하던 좋단다. 다만 우리 어려울 때 도와준 진수에게 신세는 갚아야지. 그게 사람 사는 도리야."

"어머니."

유천은 내심 답답했으나 어머니는 신경조차 쓰지 않았다.

"게다가 어미가 볼 때 전망이 밝아."

곰곰이 생각하던 유천이 곧 마음을 돌렸다.

'그래, 돌아가자.'

다 떠나서 홀로 된 어머니를 간병해 준 김진수를 생각했다.

또 치킨 사업이 잘돼 돈을 번다면 앞으로 일하기가 편해진
단 예감도 들었다.

한마디로 사업 자본이 많아서 나쁠 일은 없었다.

마음을 정리한 유천이 어머니에게 긍정적으로 말했다.

"하는 방향으로 계획 잡겠습니다."

"그래, 잘 생각했어. 사실 진수가 둘째아들 같아."

"다행이네요. 그래도 장남은 저에게 주셔서."

"녀석도."

"눈물 나게 고맙습니다."

그제야 어머니의 얼굴이 환해졌다.

"이 어미 믿어봐라. 세상을 살아도 너보다 더 살았어. 진수
랑 같이하면 밥 먹고 사는 데는 문제없겠더라."

"어머니 믿죠."

유천이 얼른 대답했으나 속마음은 달랐다. 겨우 밥 먹고 살
기를 바라는 건 과거의 자신이다.

지금은 크고 원대한 꿈을 꾸는데 산통 깨지는 느낌이다.

어머니는 유천의 속도 모르고 넌지시 물었다.

"돈은 있니?"

"뭐 치킨집 열 정도는 충분해요. 걱정하지 마시고요."

"내가 주방이라도 도와줄까?"

"아니요. 어머니는 편안하게 건강 회복하시는 게 도와주시는 겁니다."

유천이 어머니의 손을 꼭 잡았다.

이제부터는 고생시키고 싶은 생각이 없었다.

다시 살아 숨 쉬는 어머니를 보는 것만으로 충분히 만족했다.

유천과 진수는 바로 다음 날부터 가게 터를 알아보느라 이리저리 헤맸다.

아직 가진 돈이 충분한 터라 목 좋은 가게를 잡는 건 그다지 어렵지 않았다.

기왕 하는 것, 멋들어지게 하고픈 유천의 마음이 그대로 반영된 곳이었다.

괜찮아 보이는 길목의 빈 상가를 보고 유천이 김진수에게 물었다.

"여기 어때?"

"상권이 좋네."

둘은 의기투합해 계약을 마쳤다. 계약서를 손에 든 유천이
홀로 중얼거렸다.

"일 년이야."

한 달 후.

드디어 유천과 김진수 앞에 근사한 치킨 가게가 그 모습을
드러냈다.

TOP 치킨.

상호는 고심 끝에 김진수가 생각해 냈다.

"후후, 보긴 좋네."

유천의 말대로 치킨집은 무려 50평에 달하는 상당한 규모
였다. 기왕 할 바엔 통 크게 밀어붙인 유천의 배포였다.

김진수도 그동안 마음고생을 잊은 듯 유천에게 큰소리쳤
다.

"여기서 대박 나는 거야!"

"입으론 뭘 못하겠냐?"

"두고 보라니깐. 내가 개발한 메뉴를 보여주지."

큰소리치는 김진수가 밉지 않았다.

이제 개업인데 기죽고 시작하면 될 일도 안 된다.

유천은 통 크게 오픈 행사에 도우미를 네 명이나 불러 인근

에 쫙 알렸다.

김진수가 질려 유천에게 말했다.

"너무 투자하는 거 아냐?"

"인간들이 겉모습에 오잖아. 하는 김에 기죽이며 가자고."

유천이 담담하게 넘겼다.

김진수의 장담은 허풍이 아니었다.

호기심에 들어온 사람들이 먹어보곤 대부분 감탄했다.

"오, 괜찮은데?"

"소스 맛이 독특해. 먹을 만한데?"

"그러게. 병수 불러."

손님들이 맛에 반해 지인들에게 전화를 걸 정도였다. 그 광경을 본 김진수의 어깨가 하늘로 올라갔다.

잔뜩 거들먹거리며 유천에게 다가와 말했다.

"어때?"

"초반은 좋네."

"자식, 두고 봐. 이 형님과 함께한 걸 감사하게 생각할 거야."

"지켜보자."

유천은 개업 날의 대성황에 그리 호들갑을 떨지 않았다 그 모습에 김진수가 살짝 인상을 구겼다.

"자식, 좋으면 좋다 하지."

덕분에 첫날은 자리가 없을 정도로 미어터져 문전성시를 이뤘다.

"이렇게만 번다면."

그제야 유천의 입이 조금 벌어졌다.

개업 날 매상을 보니 생각보다 상당히 많아 놀랐다. 옆에서 같이 계산하던 김진수의 얼굴도 보름달을 닮아갔다.

"대박이야."

"수고했어."

유천의 칭찬에 김진수가 정색했다.

"이익은 어떻게 나눌 거야? 전에 말했던 대로 반반이야?"

"물론이지."

"사실 투자는 네가 다 했잖아? 난 삼 할만 줘."

"닥쳐. 사나이가 한입으로 두말 안 해."

"유천아."

"벌어도 같이 벌고 망해도 같이 망하자고."

유천의 솔직한 진심에 김진수의 표정이 묘해졌다.

"너 다른 일 하고 싶어 했잖아?"

"아직 젊어. 일 년 정도야 참을 만하지."

유천의 한마디에 힘이 실렸다. 두 친구는 얼굴을 바라보며 크게 웃었다.

"푸하하!"

"하하하!"

젊음의 싱그러움이 피어나는 치킨집 풍경이었다.

그러나 유천의 마음은 다른 곳에 가 있었다.

치킨집이 궤도에 오르면 김진수에게 맡기고 제대로 할 생각이었다.

오늘보단 내일이 중요했다.

며칠 지켜보던 유천이 김진수에게 말했다.

"나 오늘부터 가게에 없어."

"어딜 가려고?"

"혹시 모르니깐 어머니 뵐 때만 빼고 근처 원룸에서 묵을게. 무슨 일 있으면 연락해."

"꼭 그래야 해?"

"물론."

유천은 김진수에게 여지를 주지 않았다.

소 잡는 칼을 가지고 닭을 잡을 수는 없었다.

몸에 있는 능력을 얼른 흡수해 큰 바다로 가고픈 열망뿐이었다.

'유천아, 너 많이 컸다.'

내심 중얼거리는 유천의 얼굴에 환한 미소가 걸렸다.

그러나 사람이 많으면 파리가 꼬이게 마련이다.

방에서 수련을 거듭하던 유천의 휴대폰이 울었다.

한창 수련 중에 산통이 깨진 후라 조금은 짜증스런 기분으로 받았다.

"여보세요."

─사장님, 큰일 났어요!

"왜?"

─어서 와주세요!

심상치 않은 느낌에 유천이 곧장 호텔을 나가서 치킨집으로 향했다.

가게에 도착하자마자 유천의 귀를 거슬리는 목소리가 들렸다.

불량스런 남자 목소리였다.

"이 동네 사니까 외상 좀 달라고."

"손님, 저희 가게는 외상을 하지 않습니다."

"내일 갖다 준다니까."

"너무 액수가 많아요."

카운터에 있는 아직 어린 여직원이 쩔쩔매고 있었다.

유천이 슬쩍 남자들을 돌아보니 키도 큰데다가 불량스러운 자세다.

누가 봐도 양아치들이었다.

건장한 양아치 여덟 명이 윽박지르다시피 하자 여직원은 이미 사색이 된 채 쩔쩔맸다.

"그냥 간다고."

"이, 이러시면 안 돼요."

"그래서 어쩌겠다는 거야? 동네 사람끼리. 금방 가져다준 다잖아."

거의 억압하는 분위기였다.

유천이 주방을 흘낏 바라봤다.

"자식."

유천은 빙긋 웃을 수밖에 없었다.

김진수가 남몰래 손짓하는 모습이 보인다.

"나도 갈까?"

김진수가 도와준다?

그리 당기지 않았기에 유천은 손을 흔들어 만류했다.

손님이 많아 주방이 바쁘기도 했지만 이 정도는 혼자서도 충분했다.

유천의 손짓을 본 김진수는 홀의 소란에 아랑곳없이 치킨 만들기에 열중했다. 그건 하나를 의미했다.

여기 일은 유천이 알아서 처리할 것이다.

그런 강한 믿음이 없는 한 할 수 없는 행동이기도 했다.

유천은 더 이상 시간을 끌 필요가 없다는 것을 알았다.

다른 손님들의 눈도 이쪽을 향하고 있었고, 이런 전례를 남기는 건 좋지 않았다.

유천은 말없이 양아치들 앞에 다가섰다.

"잠깐 나와서 얘기하시죠."

"뭐야, 당신이 사장이야?"

"그럴 겁니다. 잠시 나와서 얘기하시죠."

"외상 준다는 거야?"

"나와서 얘기하시면 됩니다."

유천이 더 이상 말하지 않고 가게 밖으로 나가자 양아치들이 우르르 따라 나왔다.

유천은 일부러 가게 뒤 건축 현장으로 향했다. 따라오던 양아치 중 한 명이 짜증난 목소리로 불렀다.

"어이, 사장! 도대체 어디까지 가는 거야?"

"저 자식이 돌았나?"

자기들끼리 위협적인 말투로 소리쳤다.

돌아보니 다들 유천의 주위에서 험악한 분위기를 연출하고 있다.

가장 덩치가 큰 한 남자가 앞으로 걸어 나왔다. 눈치를 보니 이들 양아치 중 리더임이 분명했다.

그는 인상을 험악하게 구기며 유천의 코앞까지 다가왔다.

와락.

그리곤 대뜸 유천의 목덜미를 잡아채며 으스스한 목소리로 말했다.

"지금 뭐하잔 거야?"

그 순간이었다.

유천이 바로 목덜미를 잡은 손을 잡아 돌리며 등 뒤로 꺾었다.

"으악!"

살을 저미는 고통에 남자가 비명을 질렀다. 뒤에 있던 일곱 명의 양아치가 움찔하며 달려드는 순간 유천의 말이 먼저 나왔다.

"여기서 조금만 더 꺾으면 탈골이고 조금 더 꺾으면 골절이지. 그리고 더 꺾으면 병신 되는 거야. 어느 거로 할까?"

"아아!"

진땀을 주르륵 흘리는 남자가 대답도 하지 못했다.

"병신 만들어달라고?"

"아, 아닙니다."

"그냥 봐달라고?"

"으으! 이거 놔, 이 새끼야!"

유천은 발악하는 남자의 목소리를 무시한 채 살짝 팔을 들었다.

"아악!"

바로 어깨뼈가 탈골되며 팔이 힘없이 축 늘어졌다.

턱!

유천의 무르팍이 바로 복부를 강타했다.

"웩!"

헛구역질과 함께 남자가 땅에 쓰러지는 순간 나머지 일곱 명의 양아치들이 달려들며 소리쳤다.

"저런 개새끼가!"

유천은 아무 말 없이 주위를 훑어보고 눈을 반짝였다.

마침 혹시 자리가 없어 기다리는 손님을 위해 만들려던 의자 재료가 보였다.

'저걸로 하자.'

결정을 내린 유천이 굵게 잘린 강참나무과의 참나무 원목 두 개를 놓고 그 위에 굵은 참나무 판자를 놨다.

유천이 움직이는 모습을 본 양아치들이 말했다.

"지금 뭐하자는 거야?"

유천은 말없이 길이가 10㎝는 족히 될 커다란 대못을 판자 위에 내려놓고 망설임없이 엄지손가락으로 눌렀다.

푹.

대못이 거짓말처럼 판자 속으로 반 이상 쑥 들어갔다.

"헉!"

놀란 양아치들이 움찔했다. 눈으로 보면서도 믿기지 않는 장면이다. 그러나 유천은 담담하게 한술 더 떴다.

"아, 힘이 많이 떨어졌네."

유천이 이번엔 새끼손가락으로 눌렀다.

푸욱.

못은 마치 거기 있었다는 듯이 머리만 남겨놓고 쑥 들어갔다. 그 모습에 양아치들의 얼굴이 사색으로 변했다.

"아니, 저기… 요."

"조용."

유천이 손을 입에 댔다.

짧은 한 동작에 양아치들 모두 입에 자물쇠라도 단 듯 얼어붙었다.

푹푹.

유천은 여섯 개의 못을 연달아 박았다. 그리고 마지막으로 마무리하는 못을 박으려는 순간 유천이 일부러 옆으로 비켜쳤다.

꽈직!

통나무 한쪽이 주먹에 쪼개져 나갔다.

"아, 이런."

지름이 30㎝는 족히 넘어 보이는 통나무가 쫙 쪼개졌다. 양아치들의 얼굴이 갑자기 새파랗게 질려갔다.

그들도 평소 힘자랑을 즐겨하는 터라 참나무가 얼마나 단단한지 잘 알고 있었다.

주먹으로 격파?

어림도 없는 소리였다.

날카로운 도끼로 힘껏 내려친다 해도 몇 번은 힘써야 겨우 쪼개질까 말까 한 강도다. 그런데 유천은 별다른 힘도 주지 않고 반쪽을 냈다.

그야말로 식겁할 일이다.

기가 막힌 일을 저지른 유천은 천천히 고개를 들어 양아치들을 바라봤다.

"그래, 하고자 하는 얘기가 뭐라고 했어? 외상?"

"아, 아닙니다. 외상은요. 야, 뭐해? 빨리 가서 계산해."

"뭐로?"

"너, 너 카드 있잖아! 어서 계산하라고!"

양아치 하나가 소리치자 그중 한 명이 주춤거렸다.

유천은 아무 말 없이 하는 꼬락서니를 지켜볼 뿐이다.

서로 눈치를 보는 양아치들은 사정없이 몸을 떨고 있다.

'으아!'

저 주먹에 한 대라도 맞으면 곧바로 중환자실 행이란 사실이 몸서리쳐지게 무섭고 두려웠다.

노려본다?

언감생심 용기가 나지 않았다.

유천이 다시 입을 열었다.

"돈 내고 영수증 가져와. 정확히 삼 분 주지."

"기, 기다리십시오."

양아치들이 후다닥 뛰어갔다.

유천이 그때야 천천히 일어나 의미심장하게 웃었다.

엮어볼까?

이미 유천의 머릿속에선 다음 계획이 완성된 후였다.

"머리가 좋아지긴 했어."

순간적인 판단이 너무도 빨리 섰다.

잠시 후, 한 양아치가 주춤거리며 유천에게 다가섰다.

"이거 계산했습니다."

계산서를 보니 무려 30만 원이 넘는 금액이다.

"잘 드셨습니까?"

그제야 유천이 빙긋 웃자 양아치들이 떨리는 목소리로 대답했다.

"그, 그럼요. 맛있게 먹었습니다."

"그래서?"

"아니, 그게……."

유천이 싸늘하게 묻자 다들 움찔했다.

유천은 일곱 명의 양아치를 향해 차갑게 말했다.

"지금부터 내가 한 대씩 치는 데 불만 있는 새끼는 반행해도 좋아. 이번에는 틀림없이 팔을 부러뜨려 버리지."

유천은 아무런 사전 경고 없이 곧바로 주먹을 날렸다.

퍽!

"컥!"

비명을 지르고 쓰러지는 양아치들은 단 한 대의 쓴맛을 봤다. 바닥에 엎어져 뒤흔드는 친구들을 보고 서 있던 놈들이 움찔한다.

유천이 한 놈 앞에 다가서자 반항도 못하고 두 눈을 질끈 감는다.

퍽퍽!

유천은 인정사정없이 복부를 후려쳤다. 물론 적당한 힘 조절을 통해서 죽지 않을 정도의 강도였다.

"끄아악!"

양아치 일곱 명이 바닥을 기며 마치 벌레처럼 꿈틀거렸다.

그제야 손을 멈춘 유천이 말했다.

"꺼져."

"죄, 죄송합니다."

얻어맞고도 사과하며 막 도망치려던 양아치들 발길을 유천의 한마디가 막았다.

"잠깐."

"다른 말씀이라도?"

"너희들, 이 동네에서 힘 좀 쓰냐?"

"아, 아뇨. 선량하게 살고 있습니다."

양아치 한 명이 얼른 대답하자 유천의 인상이 사나워졌다.

"죽는다?"

"아, 그냥 뭐라 하는 사람은 없습니다."

"그래? 그럼 한 가지만 해줘야겠어."

"무슨?"

"우리 가게 소란 피우는 놈 있으면 너희들 잘못으로 알고 찾아가지."

"······."

양아치들 안색이 홱 변했으나 유천은 모른 척 목소리를 깔았다.

"못한단 거야?"

"하, 하겠습니다."

양아치들이 얼른 대답하자 유천이 손을 내밀었다.

"주민등록증 줘봐."

"여기요."

기가 죽은 양아치들은 반항할 엄두조차 내지 못했다.

받아든 주민등록증 기재 사항을 휴대폰에 꼼꼼히 메모한 후 유천이 돌려줬다.

"너희들 인적 사항은 내 손안에 있어. 만약······."

"절대 그런 일 없습니다."

"믿어보마. 그만 가."

유천은 뒤도 돌아보지 않고 다시 통나무로 향했다.

"아, 이게 부서지고 그래."

유천은 부드러운 동작으로 통나무를 다시 한 번 내려쳤다.

쫘직!

통나무가 다시 한 번 한 방에 쪼개졌다. 어느새 둥그런 통나무가 이젠 네 토막이 난 상태이다.

"가, 가자."

양아치들이 주춤거리며 뒤로 도망치는 모습을 보곤 유천은 빙긋 웃었다.

"외상 같은 소리 하고 있네."

유천은 양아치들에게 험악한 말 한마디 안 하고 문제를 가뿐하게 해결했다.

그뿐이 아니라 자신이 없어도 가게 걱정을 덜게 되었다.

말 그대로 손 안 대고 코 푼 격이다.

"착한 녀석들."

유천 입장에선 고마운 존재들이었다.

휘파람을 불며 다시 치킨집 안으로 들어서자 걱정스러운 얼굴로 직원들이 달려왔다.

"어떻게 돈을 받으셨어요?"

"점잖게 얘기하니까 주던데? 자, 열심히 일하라고."

"그럴 위인들이 아니던데요."

"줬잖아?"

유천이 빙긋 웃을 뿐이다.

그 말에 종업원들이 멍한 표정이다.

그들이 보기에도 불량스러워 보인 손님들이 쉽게 계산한 것이 아무래도 아리송했다.

무심한 얼굴로 유천이 주방 쪽으로 걸음을 옮겼다.

"너무 겁준 거 아냐?"

김진수의 목소리에 유천이 몸을 돌렸다.

"봤어?"

"잠깐."

"주방은 왜 나와?"

"급한 거 해놓고 걱정돼서 왔지. 뭐 와 봐야 별 도움이 안 되기도 하고."

김진수가 겸연쩍게 웃었다.

그 말대로 김진수는 싸움이라면 영 젬병이기도 했다. 유천은 그런 김진수를 알기에 섭섭하지도 않았다.

"덕분에 잘됐어. 그 자식들이 우리 가게 잘 지켜줄 거야."

"푸하하! 너무 심한 거 아냐?"

김진수가 통쾌하게 웃으며 물었지만 유천은 담담하게 받아칠 뿐이다.

"화끈하게 해놔야 파리가 안 꼬여."

"공수특전단 나오면 다 너같이 되냐?"

많이 놀란 김진수의 표정에 유천이 시큰둥하게 대답했다.

"알아서 생각해."

"아주 애들 잡는구나."

김진수의 말에 유천의 안색이 갑자기 심각해졌다. 이제 마음속에 담아둔 이야기를 할 때가 됐기 때문이다.

"이야기 좀 하자."

"무슨 말?"

"양아치 자식들이 알아서 가게에서 일어날 소란은 막아줄 테니 이젠 여기는 내가 없어도 되겠어. 솔직히 원룸에서 있다 보니 혼자 계신 어머니도 걱정되고."

"……."

유천의 말이 틀린 말도 아니기에 김진수가 침묵했다. 치킨 집 일이 하도 바빠서 자신도 집에 가면 새벽이었다.

유천이 심각하게 생각을 털어놨다.

"아무리 간병인을 뒀다지만 같이 지내긴 해야겠어."

"나도 어머님 생각만 하면 죄송해."

김진수가 고개를 끄덕이자 유천이 속마음을 그대로 내질 렀다.

"그래서 하는 말인데, 당분간 자리 비울 테니 꼭 필요한 일 이 있으면 불러라."

"그래도 매일 정산은 해야지."

"전화로 해."

"내가 홀랑 먹으면?"

"죽는다."

간단한 유천 경고지만 김진수는 왠지 몸이 떨림을 느꼈다.

"얌마, 목소리 깔지 마."

"널 믿어."

유천의 말에 김진수의 표정이 묘하게 변했다.

"믿는다."

아주 짧은 말이지만 뭔가 가슴에 울리는 반향이 있었다.

유천은 자신의 눈을 믿었다.

직감력이 강해진 유천의 시선에 하나는 분명했다.

적어도 김진수란 녀석이 친구 등쳐먹을 심성은 아니라고 말이다.

'뭐 계약서는 내 이름이니.'

가장 안심되는 대목이다.

가게가 유천의 소유인 이상 당해도 별거 없단 판단이 서자 마음이 놓였다.

김진수는 그래도 걱정스런 얼굴이다.

"가끔 오긴 해라."

"진짜 가끔 오마."

여유로운 유천의 대답에 김진수는 할 말을 잃었다.

얼마 후 김진수와 헤어진 후 유천은 홀가분한 기분으로 곧 바로 집으로 향했다.

아무래도 아직 회복 중인 어머니가 걱정스러웠는데 쉽게 풀린 기분이다.

유천이 갈 길은 결코 치킨집 사장이 아니었다.

솔직히 어머니 부탁 때문에 벌인 일이지만 성에 차지 않았다.

"룰루~"

절로 콧노래가 나왔다.

8장

한 걸음씩

"어머니!"

현관을 들어서며 유천이 반갑게 소리치자 소파에 앉아 있던 어머니가 깜짝 놀랐다.

"이 시간에 웬일이니?"

"당분간 집에 있기로 했어요."

"진수랑 싸웠어?"

"아뇨. 가게는 진수 혼자 해도 충분해요. 제가 거기 있어봐야 할 일이 없어요. 기껏해야 가게 둘러보는 게 다예요."

"그래도……."

어머니는 걱정스런 눈빛이었으나 유천이 간단하게 대답

했다.

"가끔 갈 겁니다."

"친구 사이에 돈이 얽히면 불편해질 수도 있어."

오래 산 연륜이 느껴지는 어머니의 조언에 유천이 얼른 설명했다.

"압니다. 그래서 가게 컴퓨터와 노트북을 연결했어요. 그날그날 매상은 이 손안에 있어요."

"그러면 된다만……."

"저도 할 일이 있어서요."

"뭔데?"

어머니가 궁금한 듯 몸을 일으키자 유천이 얼른 부축했다.

"남자가 야망이 커야지요. 이 나이에 고작 치킨집에 인생 걸고 싶지는 않습니다."

"뭐든지 차근히 해야 해."

"그럼요. 아무 걱정 마세요."

유천이 장담했지만 어머니의 표정은 영 걱정스런 눈빛이다. 갑자기 나온 유천의 말에 그다지 신뢰가 가지 않는 모양이다.

"유천아."

"이 아들 믿어주세요. 그리고 이미 뽑은 칼인데요."

"휴. 자식이 크면 이렇다더니."

"그 말씀, 조만간 후회하게 해드리겠습니다."

유천은 끝까지 호언장담을 서슴지 않았다.

시간이 흐르자 그 배포에 어느덧 어머니도 중독된 듯 희미하게 웃었다.

다 떠나서 아들이기에 무조건 신뢰하고픈 모정이기도 했다.

"지켜보마."

"잘 보십시오. 그리고 아들이 집에 함께 있으니 좋잖아요."

"녀석도."

어머니가 그제야 환하게 웃었다.

아무리 간병인이 있다 한들 아들만큼은 아닌 것이 솔직한 심정이다.

유천이 내친김에 어머니 안색을 보고는 조심스레 물었다.

"몸은 어떠세요?"

"괜찮아."

"침대에 오래 누워 계셔서 쑤시진 않으세요?"

"이 나이면 다 그래."

어머니의 담담한 말에 유천이 벌떡 일어섰다.

"안마해 드릴게요."

"괜찮아. 너도 힘든데."

"침대로 가세요."

유천이 어머니의 손을 이끌고 침대로 향했다.

"괜찮대도."

침대에 누운 어머니 등이 굽어 보인다. 그 모습에 잠시 울컥한 유천이 정성껏 등 여기저기를 눌렀다.

우드득.

뼈 맞춰지는 소리가 들린다.

"으음."

"아프세요?"

"견딜 만해. 시원하기도 하네."

"하하."

웃음으로 넘긴 유천이 다시 손을 댔다. 점점 더 리드미컬하게 움직이는 손놀림이 날렵하고도 가벼웠다.

'여기.'

유천은 본능적으로 뼈가 어긋난 곳을 힘을 줘 건드렸다.

"아."

어머니의 신음을 무시하고 이어 뭉친 어혈을 가볍게 어루만졌다. 손끝에 닿는 느낌이 새로웠다.

손길의 강약에 따라 어혈이 소리 없이 풀리는 감각이다.

신명이 난 유천이 이마에 흐르는 땀을 무시하고 열심히 손을 움직였다.

'달라.'

전과 다른 자신의 손을 대견스레 쳐다봤다.

그렇게 얼마나 했을까.

"쿨쿨."

어느새 잠든 어머니 얼굴이 보인다.

피식 웃은 유천이 이불을 곱게 덮어주고 자리에서 일어섰다.

"이것도 재주인가?"

방에 들어온 유천의 안색이 차갑게 굳었다.

"싸움질 잘한다고 성공할 세상은 아니지."

유천의 말대로 현대 사회에선 머리로 살아야 했다.

말 타고 칼 휘두르며 싸우던 과거가 아닌 바에야 힘만 있다는 건 현대 사회에선 그리 좋은 옵션이 아니었다.

물론 자신을 보호할 최소한의 힘은 필요하지만 유천의 입장에선 이미 차고 넘쳤다.

싸움이야 자신 있는데, 문제는 그걸 써먹을 데가 없단 현실이다. 그렇다고 어둠의 세계에서 벌어먹고 살 생각은 전혀 없었다.

"이 능력으로 내가 왜?"

그렇다면?

가장 빨리 돈을 벌 길은 단 하나였다.

사업!

잘나가는 사업가가 새로운 꿈이다.

한국에서 가장 중요한 건 돈이다. 재벌이라고 남들이 욕할지 몰라도 다른 눈으로 보면 부러움이다.

"제길."

과거 어머니의 치료비가 없어 목숨 걸고 싸우던 기억이 아직도 뇌리에 생생했다. 다시는 그런 꼴을 당하고 싶지 않았다.

전의 자신이라면 엄두 내기 힘들지만 지금은 믿는 바가 있었다.

머리.

하루가 다르게 좋아지는 두뇌가 지금은 있었다.

유천은 다음 날 일찍 군에서 운영하는 도서관으로 향했다.

들어서자마자 닥치는 대로 제목만 봐도 골치가 지끈거릴 책을 한 아름 들고 자리로 돌아왔다.

—제3의 물결.

—리더십이란.

—세계 경제의 흐름.

—화폐전쟁.

"후우."

일단 심호흡한 후 첫 장을 펼쳤다.

처음은 어려웠지만 점점 더 내용에 빨려들어 갔다.

"이것 봐라?"

묘하게도 머리를 쓰면 쓸수록 좋아지는 느낌이다. 물론 누구나 같은 현상을 경험할지도 모르지만 유천의 경우는 특별했다.

그 발전 속도가 가공스러웠다.

'잘 구해줬어.'

아프가니스탄에서 여자를 구한 일이 뿌듯하게 다가왔다.

기쁨?

없다면 사람이 아니다.

특히 그다지 공부를 잘하지 못하던 유천의 입장에선 천군만마를 얻은 기분이었다.

생각은 거기가 종착역이었다.

어느새 책에 빠져 현실을 깡그리 망각한 채 무아지경에 빠져들어 갔다.

그런데 돌연 변수가 생겼다.

빠르게 돌아가던 뇌가 이상 현상을 일으켰다.

미지의 영역.

인간은 자신의 뇌 중 극히 일부분만을 사용하다 죽어간다. 나머지 대부분은 그저 잠든 채 평생을 함께할 뿐이다.

존재 이유가 있다면 오로지 뇌 무게였다.

그러나 오늘의 유천은 달랐다.

퍽!

뇌의 한 부분이 파열되는 소리가 들렸다.

물론 유천만이 들을 수 있는 섬뜩한 소리다.

머리로 모든 피가 쏠리는 느낌은 마치 원심력을 극도로 체감하는 더러운 기분이었다.

피는 뇌 속에 응어리져 고이 잠든 영역을 사정없이 파고들었다.

"윽!"

아주 강한 고통이 머리를 때렸다.

통증은 강약의 조절 없이 거친 파도처럼 미친 듯 두들기고 또 두들겼다.

유천은 온몸을 비틀며 순간 고통에 겨워 기절했다.

쿵.

작은 소리와 함께 유천 머리가 책상 위로 떨어졌다.

두 시간이 지난 후에야 유천의 몸이 꿈틀거렸다.

"헉!"

놀란 유천이 고개를 번쩍 들었다. 처음엔 몽롱한 상태라 그저 멍한 시선으로 우두커니 앉아 있었다.

"아차."

그때야 자신이 어디에 있는지 기억나자 시선이 책상으로 향했다. 자신이 쓰러져 있던 책상 위엔 이미 땀이 흥건하게 고여 있다.

그뿐이 아니었다.

옷도 흥건히 젖어 축축하고 불쾌한 느낌이 들었다.

주위를 둘러보니 근처에 사람이 없었다. 모두 멀리 떨어져 유천과 거리를 유지하고 있었다.

이유야 뻔했기에 얼굴이 살짝 달아올랐다.

개망신이다.

그러나 유천은 창피함보단 자신의 상태가 더 급했다.

"머리."

그제야 상황 판단이 된 유천이 머리를 만지자 의외로 전과 달리 시원하고 상쾌한 기분이 들었다.

머리 전체가 막힘없이 달리는 도로 위의 자동차 같은 기분이기도 했다.

잠시 흥분을 만끽하는 순간 또 다른 뜻밖의 사태가 유천을 엄습했다.

'뭐야?'

샘솟던 기억의 홍수가 펼쳐졌다. 유천은 몰랐지만 기절한 동안 활성화된 뇌는 여태껏 살아온 기억을 남김없이 토해냈다.

하다못해 태어나는 순간까지 선명한 영상으로 제공했다.

사람은 누구나 태어날 때의 기억을 잊게 마련이다. 그건 세월의 흐름 속에서 너무도 자연스러운 일이다.

그러나 오늘 유천은 달랐다.

그동안 잊고 살아온 유년 시절의 기억이 남김없이 뇌리에 떠올랐다.

그뿐만이 아니었다.

자신이 얻은 능력.

그것에 대한 정보가 쏟아졌다.

사용 방법, 그리고 미처 몰랐던 다른 능력들이 하나둘씩 뇌리를 채워갔다.

왜 전과 다른 몸과 감각이 생겼는지 의문이 조금 풀리는 순간이다.

유천은 자신도 모르게 점점 더 그쪽 생각에 빠져들었다.

"헉."

얼마 후, 문득 제정신이 든 유천은 기겁하며 눈을 크게 떴다.

순식간에 유천의 표정이 돌연 긴장으로 물들었다.

점점 머릿속이 복잡해지자 혹시나 하는 불안감이 치솟았다.

'왜 이래?'

탁!

놀란 유천이 얼른 의자를 밀치고 밖으로 나갔다.

상쾌한 시골 공기를 들이마시며 마음을 안정시키려 애썼다. 유천의 생각은 하나로 향해갔다.

아프가니스탄에서 석함을 얻고 악몽에 시달리던 시절.

그때의 경험과 너무 흡사하게 전개되자 유천이 본능적으로 사방을 살폈다.

마침 촌이라서 그런지 도서관 뒤쪽으로 낮은 산이 한눈에 들어왔다.

타닥!

유천은 미친 듯이 그 쪽으로 뛰었다.

타다닥!

도서관 내에서 또 기절하는 불상사만은 피하고 싶은 절실한 마음이다.

"헉헉!"

워낙 빨리 뛰어서인지 호흡이 심하게 불규칙했다.

유천은 둘레가 한 아름에 육박하는 나무 밑에 털썩 주저앉았다.

여기라면 도서관 내에서 절대 보이지 않을 위치였다.

"이 정도면 됐어. 더는 필요 없어."

작은 목소리지만 절절한 바람이다. 지금 가진 능력으로도 충분히 거친 세상을 헤쳐 나갈 자신이 있었다.

문제는 그 능력이 더 커졌단 것이다.

슥.

유천이 몸을 관조하자 한 번에 알 수 있었다. 그래도 혹시나 하는 마음으로 머릿속의 생전 듣도 보도 못한 방법을 써 손을 휘저었다.

손에서 눈에 보이지 않는 사나운 기운이 뻗어 나갔다.

퍽!

대번에 땅이 움푹 파였다. 눈짐작으로 봐도 삽으로 열 번 이상은 파야 될 깊이다.

유천은 몸의 기운을 쓰지 않고도 나온 결과를 멍하니 바라봤다.

전이라면 머리를 싸매고 평생을 고민해도 모를 문제였으나 지금은 아니었다.

자신이 가진 능력.

머릿속에 있는 전혀 경험하지 않은 기억으로 쉽게 알 수 있었다.

─오랜 옛날.

인간 세상엔 마법사가 존재했다. 물론 그 수가 몇 명 되지 않았기에 다른 이들은 전혀 그들의 존재를 몰랐다.

그들은 대기에 흩어진 마나를 다루는 방법을 알았다. 그 힘은 놀라워 일반 사람들은 상대할 엄두조차 내기 힘들었다.

놀랍도록 강한 마법사들은 기적을 심심풀이하듯 보였다.

사람들의 존경을 발판 삼아 대제사장 등의 위치로 그 누구의 간섭도 없이 미인과의 섹스, 그리고 부귀영화를 거침없이 누렸다.

그러나 의외의 변수가 나타났다.

순수하게 마나를 다루던 초심을 잃고 욕망에 사로잡히자 마법력이 하루가 다르게 약해져 갔다.

뒤늦게 그 사실을 안 마법사들은 이성을 잃고 연구 끝에 넘어선 안 될 선을 건드렸다.

한마디로 타인의 생명력을 뺏어 마나를 얻으려 했다.

그들이 목적을 이루기 위해선 수천, 수만의 피가 필요했으나 개의치 않고 행동에 나섰다.

마침내 분노한 최강의 마법사가 나서서 이미 악에 물든 다른 마법사들과 생사를 걸고 싸웠다.

휘잉.

그때 유천은 강하게 불어온 산바람에 문득 정신이 들었다. 이미 유천도 알고 있었다. 자신이 얻은 능력은 최강의 마법사 바로 그의 능력이었다.

"하!"

기뻐야 마땅했지만 유천의 얼굴은 어두웠다. 왠지 모를 불안감이 전신을 엄습하자 불쾌감마저 일었다.

"에이, 몰라."

세차게 고개 저었다.

이런 기억을 송두리째 지우고 싶었다.

그러나 유천의 바람과 달리 잠시 숨 돌릴 겨를도 없었다. 터진 뇌 일부분은 놀라운 일을 겪게 만들었다.

"헉!"

갑자기 머릿속을 무언가가 거칠게 헤집었다.

미친 듯이 뇌 속을 헤집는 기억의 파편이 날씨 좋은 날 밤하늘의 별처럼 무수하게 보였다.

금발을 휘날리는 한 노인.

그리고 그를 공격하는 아홉 명의 다른 노인이다. 금발노인과 달리 아홉 명의 다른 자의 눈은 살기로 번뜩였다.

"저들이구나."

유천은 그들의 존재를 한눈에 알아봤다.

최강의 마법사와 악에 물든 추종자들이었다.

그들의 싸움은 인간이라 보기 힘들었다.

손을 마주칠 때마다 대기가 소용돌이치고 먼지구름이 자욱하게 일었다. 도무지 눈으로 보면서도 믿을 수 없었다.

유천도 그들의 힘이 무언지 이젠 알았다.

마나를 이용한 수법이다.

금발노인은 무섭도록 강했다.

손을 움직이자 귀를 찢는 소음이 들렸다.

쐐액!

대기를 뒤흔든 그의 일격에 적들이 죽어라 마주쳐 갔다.

쿠르릉!

진동이 땅을 흔들었다.

유천은 자신도 모르게 웃었다.

금발노인이 쓰는 마나 사용법이 뭔지 알 것 같은 기분이 든 탓이다.

그리곤 다시 바라본 싸움터는 풍경 자체가 확실히 달랐다. 그사이 싸움은 유럽에서 시작돼 어느새 아프가니스탄까지 이르렀다.

유천도 지겹도록 본 풍경이라 금방 알아봤다.

여전히 금발노인은 강했으나 반전이 일어났다.

쿠르릉!

적들은 금발노인을 동굴로 유인해 산 전체를 무너뜨렸다. 직감상 오래전부터 준비해 온 계획처럼 보였다.

어마어마한 돌더미가 금발노인이 서 있는 곳을 덮쳤다.

"푸하하!"

적들의 웃음소리엔 승리에 대한 기쁨이 가득했다.

그러나,

펑!

돌더미에 구멍이 뚫리고 머리가 산발인 금발노인이 나타났다. 온몸에 피칠을 한 채로 비틀거렸지만 금발노인의 분노는 무서웠다.

쿵!

금발노인이 오른발로 대지를 구르자 절대 진공이 일어났다.

사방 백여 미터 안에 있던 공기 중의 산소가 일거에 사라졌다.

그뿐이 아니라 범위 내에 있던 사람들이 빠져나가지 못하게 막이 단단히 둘러쌌다.

도망치려고 발버둥 치던 적들이 시간이 지나자 모두 목을 부여잡고 고통에 몸부림쳤다.

물론 금발노인도 눈에 핏발이 설 정도로 통증을 느끼는 모양이다.

산소 없이 살 수 있는 사람은 없다.

거기엔 마법사도 예외는 아니었다.

털썩!

마침내 마지막 적이 온몸을 비틀며 쓰러져 갔다. 가장 강해 보이던 그는 하늘에 원한이 사무친 시선을 잠시 보내다 결국 감았다.

모든 적이 죽었다.

그때 홀로 남아 서 있던 금발노인이 입에서 피를 토했다. 치명적인 상처를 입은 채 가장 강한 마법을 쓴지라 살기는 어려웠다.

금발노인이 마지막으로 한 행동은 예상 밖이었다.

석함 하나를 꺼내 손으로 빛을 뿜어냈다. 석함을 닫은 금발노인은 또 다른 석함에 나뭇조각을 넣었다.

이상한 상형문자가 적힌 나뭇조각을 넣은 후 금발노인이

미소를 짓더니만 이내 쓰러졌다.

거기까지였다.

"허."

기가 막힌 유천은 비로소 현실 세계로 돌아왔다.

"그랬나."

이제야 이해가 가능했다.

왜 석함을 얻은 후 신비한 능력이 생겼는지, 그리고 어떻게 사용해야 할지 둑이 터지듯 머리에 박혔다.

가장 중요한 건 석함은 하나가 아니란 사실이다.

두 개.

자신이 얻은 석함 외에도 하나가 더 있었다.

상형문자가 적힌 석함.

거기엔 분명히 안개 속에 가려진 마나 사용법이 있을 것이 분명했다.

유천의 입장에선 두 번째 석함을 얻어야 아직 미지로 남아 있는 마나 사용법을 알 수 있었다.

"그만."

유천이 머리를 잡고 전율했다.

보인 영상 하나하나가 뇌리를 강타하는 느낌이 강렬하다 못해 머리가 통째로 폭발할 지경이었다.

시간이 얼마나 지났는지 알 수조차 없었다.

오로지 기를 쓰고 정신줄을 잡고 늘어졌다. 왠지 느낌이 좋지 않았기에 이 상태라면 영원히 잠들 것 같은 불안감 때문이다.

살기 위해 유천의 정신력이 극도의 힘을 발휘하자 아주 서서히 의식이 돌아왔다.

얼마나 느린지 답답증에 다시 의식을 놓고 싶은 정도이다.

"허."

정신이 들자마자 하늘이 빙빙 도는 듯 현기증이 심하게 일었지만 이를 악물고 참았다.

꽉.

자신도 모르게 입술을 깨물며 가까스로 버텼다 그러길 얼마나 지났는지 유천은 짐작조차 하지 못했다.

"으음."

작은 신음 소리를 시작으로 겨우 제정신을 차린 유천이 무심코 하늘을 보며 허탈하게 웃었다.

"고맙긴 한데 힘드네."

어느덧 아침 해가 동녘으로 훤하게 떠오르고 있다. 반사적으로 시계를 본 유천이 더 놀랄 것도 없는지 담담한 얼굴로 변했다.

아침 8시를 정확히 가리키는 시계바늘이다. 바꿔 말하면 거의 16시간을 새벽이슬을 맞으며 지냈다는 이야기다.

"감기 안 걸린 것이 용하네."

유천은 고개를 살래살래 저었다.

유천은 이내 환상에서 본 걸 기억하곤 정색했다.

"되나?"

놀랍게도 수식은 하나부터 열까지 깔끔하게 기억할 수 있었다.

"한번 해봐?"

호기심을 이기지 못하고 잠시 긴장한 표정으로 유천이 수식대로 손을 내밀었다.

횡.

귀에 들린 건 나무 사이를 가르는 바람 소리뿐이다.

그러나 유천은 소스라치게 놀랐다.

'뭐야?'

손끝에서 알지 못할 기운이 넘실거렸기 때문이다. 그저 몸 밖으로 나가지 않았을 뿐 엄청난 기운이 내재된 걸 알았다.

다만 완벽한 수식이 아니라 제대로 써먹지 못한다는 것도 느꼈다.

유천은 두리번거리다 사람 몸통만 한 바위를 향해 힘껏 손을 내질렀다.

퍽!

바위에 실금이 갔다.

다시 한 번 내려쳤다.

쩌억!

바위가 힘없이 둘로 갈라졌다.

"맞구나."

유천이 손을 신기한 듯 내려다봤다. 왠지 손이 강해졌단 기분에 행한 행동이나 적중했다.

유천은 몰랐지만 이유는 하나였다.

분출되지 못한 기운이 손안에 깃들며 강철처럼 단단하게 만든 탓이다.

그뿐만이 아니었다.

청량한 기분과 함께 뇌 속이 전혀 달라졌다. 맹렬하고 활기차게 움직이는 두뇌가 감각으로도 알아차릴 정도였다.

"아싸!"

기뻐하던 유천이 작은 고민에 빠졌다.

"거기가 어디지?"

유천이 골머리를 싸매며 금발노인이 가리킨 장소를 기억하려 애썼다. 분명히 반군 진지가 있는 근처의 산이다.

하지만 막상 현장에 가지 않는 이상 알아낼 수가 없었다.

아프가니스탄.

아무런 준비 없이 당장 갈 곳은 아니었다.

아직도 그쪽은 생사가 오가는 전쟁터이다. 거길 권총 한 자루 없이 간다는 건 죽여 달란 이야기였다.

외인부대를 나온 이상 소총 하나 구하기도 힘들었다.

그래도 가고픈 강렬한 충동이 일었다.

강해진다는데?

중얼거리던 유천이 고개를 저었다. 한편으론 간다고 꼭 찾아낸다는 보장도 없다는 점이 망설이게 만들었다.

무엇보다 유천은 자신의 능력을 최대한 키우고 싶었다.

육체적인 힘?

그건 나중의 문제였다.

머리가 뛰어나게 변한다는 사실이 더 중요했다.

시선을 돌리니 마침 도서관 문이 열리는 모습이 보였다.

유천은 먼저 어머니에게 연락했다.

"전데요. 친구랑 만나서 놀다가 깜박했습니다. 오늘 들어갈게요."

—일찍도 연락한다. 걱정했잖니.

"에이, 저 어린애 아닌데요. 이따 뵐게요."

너스레를 떤 후 유천은 지체없이 다시 도서관 안으로 들어갔다.

어디 보자.

유천은 컴퓨터 관련 서적을 하나 꺼내 들고 책 속에 빠져들었다. 500페이지에 달하는 방대한 양이다.

탁.

마지막 페이지를 덮은 후 유천이 드디어 문제를 풀기 시작했다. 처음엔 살짝 긴장도 했지만 이내 입가에 미소를 머금었다.

슥슥.

볼펜으로 정답을 체크한 후 길게 심호흡했다.

이젠 성적을 알아볼 차례였다.

한 문제씩 정답과 대조하던 유천의 얼굴이 환하게 밝아졌다. 결국 마지막 문제 채점까지 끝내자 주먹을 불끈 쥐었다.

총 백 문제 중에서 무려 아흔다섯 문제를 맞혔다.

찍기로 맞힌 건 단 하나도 없었기에 기쁨은 배가 됐다. 틀린 다섯 문제는 응용한 문항이라 틀린 것뿐이다.

결국 암기로 풀어야 할 건 모조리 정답을 찍었다.

"대단하다, 정유천."

머리를 툭툭 치며 스스로를 격려했다. 고등학교 시절부터 공부와 담 쌓아온 과거의 머리는 오간 데 없었다.

이 정도라면?

조금 공부한다면 명문대 진학도 꿈은 아니었다.

"이 나이에 무슨……."

유천이 피식 웃었다.

4년 동안 대학에 묻혀 썩고픈 마음은 없었다.

아무리 학벌 사회라지만 뚫고 갈 자신감이 점점 커져만 갔다.

더욱 좋은 건 생각하는 동안도 머리가 끊임없이 명석해지는 기분이란 점이다.

유천은 즐거운 고민에 빠졌다.

"뭘 해야 하지?"

무조건 최종 목표는 사업가였다. 그것도 평범한 사업가가
아닌 아주 잘나가는 사업가가 종착역이었다.

유천이 씁쓸하게 웃으며 고개를 저었다.

"주위에 인재가 없네."

생각해 보니 주위에 군 동기, 군 출신 외에는 그다지 친한
인맥이 없었다.

친구라고 해봐야 그저 고만고만한 처지이고 똑똑한 녀석
들은 그다지 친하지도 않았다.

"골치 아프네."

생각하던 유천이 고개를 흔들었다.

"없으면 만들면 되지."

유천은 기발한 상상이 떠올랐다.

"공부도 하고 인재풀도 만들고."

좋은 생각이었다.

현재의 위치에서 할 수 있는 것이 무엇인지 찾아내는 것이
중요했다.

전과 달리 빠르게 회전하는 머리는 문제에 봉착할 때마다
해결책을 빨리 제시해 주곤 했다.

가장 쉽게 돈을 벌 수 있는 방법은 자신의 특기를 이용하는 것이다.

프랑스에서의 경험도 있고 하니 더욱 최적의 선택이 될 수도 있었다.

그러나 유천은 고개를 흔들었다.

"지긋지긋해."

생각만 떠올려도 지겨운 일을 다시 하고 싶은 마음은 없었다.

"관둬. 더 좋은 방법이 있을 거야."

유천은 한 가지로 마음을 달랬다.

육체적 힘으로 떼부자가 되는 사람은 없다. 그저 남들보다 더 잘살 뿐이지 그 이상은 절대 없었다.

유천은 이미 확고한 목표를 가졌기에 경호업 같은 것은 애초에 머리에서 제쳐났다.

힘보다 머리.

현대 사회에서 가장 필요한 덕목이기도 했다.

머리 좋은 자는 큰돈을 벌지만 힘이 좋은 자는 별 볼일이 없었다.

어둠의 세계로 빠지거나 아니면 영광의 상처만이 남을 뿐이다.

한국 사회에서는 그게 정석이었다.

곰곰이 생각하던 유천이 순간 떠오른 생각에 머뭇거렸다. 아무래도 제대로 사업을 하려면 외국어 몇 개 정도는 알아야 했다.

직원이 하는 것과 사장이 하는 건 엄청난 차이가 있단 걸 책을 통해 습득한 후라 고민스러웠다.

외국어라면?

징글징글하게 싫어했고 보기만 해도 머리가 아팠다.

그런데 지금이라면 왠지 해낼 것 같은 자신감이 강하게 들었다.

결정을 내리고 주춤거릴 유천이 아니다.

그길로 시내로 나가 영어책을 사온 유천이 집에서 처음 들은 건 잔소리였다.

어머니가 화난 목소리로 말했다.

"왜 연락도 안 했어?"

"술이 취해서 깜박했습니다. 죄송합니다."

사실대로 말 못하니 변명뿐이다.

"가서 쉬어."

어머니의 날카로운 목소리를 귀로 흘리며 자기 방 안에서 길게 심호흡했다. 이번엔 김진수가 등장했다.

"유천아, 도대체 어딜 간 거야? 친구라면 누구?"

"나중에 이야기하자."

유천은 거의 쫓아내듯이 김진수를 보내고 다시 혼자 남았다. 서점에서 사온 영어책을 한동안 노려봤다.

비즈니스 영어 완전정복.

제목은 그럴듯했다.

"이걸 꼭 봐야 해?"

스스로에게 몇 번이고 질문했다. 하지만 결론은 늘 뻔했다. 유능한 사업가가 되기 위해 꼭 필요한 절차였다.

한참 후 보기만 해도 어질어질한 현기증을 겨우 참고 첫 장을 넘겼다.

한 시간, 두 시간, 시간이 물 흐르듯 지나갔다.

무려 다섯 시간이 지난 후에야 유천이 책을 덮었다. 이미 얼굴엔 미소가 한가득 실려 있고 기분이 하늘을 날아갈 듯 상쾌했다.

"역시."

전과 달리 그 어렵던 영어가 술술 머릿속에 박히는 기분이다. 기초부터 차근차근 익히니 그리 힘들지도 않았다.

"푸하하!"

예감이 적중하자 유천은 뛸 듯이 기뻤다.

용기백배한 유천이 진도를 쭉 뽑았다.

그러던 어느 순간 유천이 고민했다.

'다른 사람과 비교도 해봐야는데.'

여러모로 혼자 어학 공부하는 것보다야 학원이 나을 듯했다. 전이라면 학원비 걱정을 하겠지만 이젠 아니었다.

최소한 학원비로 전전긍긍할 정도는 지났다.

유천은 마지막으로 다시 한 번 토익 공부에 전력을 쏟아야 했다.

"개쪽은 피해야지."

최소한의 어학 실력이 지금 꼭 필요했다.

9장

사람답게

　삼 일 후.

　어느 정도 자신이 선 유천이 집을 나섰다.

　지하철에 올라서 있던 유천이 따가운 시선을 느끼는 것은 그리 오랜 시간이 흐르지 않았다.

　유천은 고개를 갸웃거리며 슬쩍 곁눈으로 쳐다보자 여자들 몇 명이 흠칫한 표정이다.

　"날 보는 게 맞나?"

　전혀 모르는 얼굴에 유천은 다시 무심한 표정으로 창 쪽을 바라봤다.

　그때 유천의 귀에 작은 목소리가 들렸다.

"저 남자 너무 멋지지 않아?"

"연예인인가 봐."

"연예인이 무슨 지하철을 타고 다녀? 그리고 본 기억이 없어."

"아무래도 연예인 같아, 신인인가?"

여자 둘이 수다를 떨고 있다.

자기들끼리 귓속말하는 소리라 다른 사람은 듣지 못했다.

유천이 피식 웃으며 다시 신경을 끄려는 순간이다.

"정말 피부 곱지 않니?"

"생긴 거 봐. 몸매도. 하아!"

"가서 말이라도 붙여볼까?"

"뭐라고 붙일 건데, 이 기집애야?"

이야기를 듣던 유천은 쑥스러운 기분이다.

그때 문득 창가로 자신의 얼굴이 흐릿하게 비쳤다.

"그 정도인가?"

남자인지라 외모에 대해서 그다지 관심을 가지지 않았다.

더군다나 유천은 오랜 전쟁터 생활로 그런 것에 남들보다 더 무감각했다.

그런데 이런 이야기를 듣고 보니 뭔가 좀 이상한 기분이 들었다.

생각하는 사이 유천은 점점 더 따가운 시선이 사방에서 집중되는 것을 느꼈다.

"이거 왜 이래?"

곁눈으로 살펴보니 같은 칸에 탄 여자들 전부라 해도 과언은 아니었다.

젊은 여성들은 선망의 눈초리, 그리고 무언가 갈망하는 눈빛으로 자신을 바라보고 있었다.

"볼 테면 봐라. 닳는 것도 아닌데."

오히려 당당한 기분으로 이번에는 창문만을 묵묵히 바라봤다.

유천이 지하철에서 내리자 뒤에서 여자들의 소리가 가느다랗게 들렸다.

"따라 내릴까?"

"어머! 가서 뭐라고 할래?"

"저 정도면 임자 있겠지?"

"하긴, 저 얼굴에 가만 놔뒀을까?"

듣던 유천이 피식 웃었다.

아직까진 혈혈단신 솔로 신세다.

여자랑 사귄다는 것은 꿈도 꾸기 힘들었다.

"기분 나쁘진 않네."

유천이 혼자 중얼거리며 걸음을 바삐 옮겼다.

몇 시간 후 유천이 도착한 곳은 종로에서도 유명한 어학원 건물이었다.

학원에 들어서 바로 접수대로 향한 유천이 여직원에게 말했다.

"토익반하고 영어 회화반에 들고 싶습니다."

"아, 네."

대답하던 여직원이 그 자리에 그대로 석고상처럼 굳었다.

한동안 유천만 바라보며 아무런 말도 하지 못했다.

보다 못한 유천이 웃으며 한마디 했다.

"제 말 못 들으셨습니까?"

"아, 아, 네, 들었어요. 아까 토익반하고 영어 회화반이라고 하셨나요?"

"네, 자리가 있습니까?"

"어떤 반을 원하시나요? 초급반, 중급반, 고급반이 있거든요?"

곰곰이 생각하던 유천이 자신 있게 말했다.

"고급반으로 해주세요. 그리고 영어 회화도 마찬가지고요."

"영어 회화 특별반인데 괜찮으시겠어요?"

"그럼요."

얼굴이 붉게 달아오른 채 유천을 쳐다보지 못하는 여직원이다.

등록을 마친 유천은 곧바로 강의실로 직행했다. 매달 초하루가 개강일인데 벌써 5일이 지났다.

덕분에 기다릴 필요는 없단 장점에다가 마침 강의 시간 5분 전이라 더더욱 좋았다.

철컥.

서슴없이 강의실 뒷문을 열고 들어서던 유천은 흠칫 놀랐다.

"이건⋯⋯."

강의실 안의 풍경은 유천의 생각을 완전히 빗나갔다.

고급스러운 의자, 그리고 편안한 책상은 각 수강생마다 마치 사무를 보는 듯한 느낌이 들 정도이다.

가만히 의자를 바라보던 유천은 다시 한 번 놀랐다.

크놀.

세계적으로 유명한 의자 회사이다.

전이라면 알지 못했지만 외인부대에서 쓰는 것을 봤기 때문에 그 가격이 어느 정도인지 알고 있다.

"도대체 무슨 강의실에 온 거야?"

유천은 고개를 갸웃거리며 빈자리에 털썩 주저앉았다.

5분이 지나기도 전에 강의실에 드디어 강사가 들어섰다.

금발을 휘날리는 원어민 강사는 활짝 웃는 표정으로 수강생들에게 인사했다.

"하이."

"하이."

수강생도 함께 인사하자 유천도 얼떨결에 마주 인사했다.

수강생을 바라보던 강사의 눈이 반짝였다.

그는 유천을 바라보며 영어로 대화를 시작했다.

"새로 오신 분인가요?"

"그렇습니다."

거의 원어민에 가까운 유천의 발음에 강사의 눈이 더욱더 빛을 발했다.

"발음이 좋으신데 외국에서 살다 오셨습니까?"

"그렇습니다. 프랑스에서 좀 지내다 왔죠."

"프랑스에서 영어로 했습니까?"

"일을 하다 보니까 영어를 쓰는 사람을 많이 만났죠."

"그렇군요. 그러면 한국에 돌아오신 겁니까?"

"네, 돌아와서 영어 회화를 다시 한 번 제대로 배워볼 생각입니다."

유천의 영어에 수강생들의 시선이 집중됐다.

강사는 유천을 바라보며 고개를 끄덕였다.

"약간 어휘력이 부족한 것 같지만 쓸 만한 실력이네요. 자, 그럼 수업 시작하겠습니다."

그때부터 수업이 시작됐다.

한국말은 단 한 마디도 나오지 않았다. 수강생과 강사는 영어로 서로 대화를 주고받으며 이야기를 풀어갔다.

그러나,

유천은 이내 지루해졌다.

'별거 아니네.'

자신이 공부한 내용에서 한 치도 벗어나지 않았다.

결국 아는 이야기를 늘어놓는 하품 나는 상황이었다.

100분의 강의가 끝나자 유천은 조금 지친 표정으로 자리에서 일어섰다.

그제야 수강생들의 시선이 유천에게 집중됐다.

특히 여자들 시선이 묘한 빛을 발하는 순간 유천은 묵묵히 강의실 문을 나섰다.

이제는 토익반에 들어갈 시간이었다.

"거기는 좀 북적거려야 될 텐데."

고급 영어 회화반은 고작 열두 명이었기에 서로의 얼굴을 볼 수 있어 귀찮은 점도 없지 않아 있었다.

토익반에 들어간 유천은 씩 웃음 지었다.

50명이 넘는 학생이 수업 준비에 여념이 없었다.

이 정도라면.

마치 고등학교 수업 받는 분위기에 유천은 오히려 마음이 편안함을 느꼈다.

유천이 무심코 주머니에 손을 집어넣어 수강증을 꺼내 들었다.

영수증을 바라보던 유천의 눈이 살짝 흔들렸다.

"아니, 저쪽은 왜 100만 원이고 이쪽은 15만 원이지?"

유천은 뭔가 괴리가 있음을 느꼈다.

100대 15.

고급스러운 분위기, 그리고 지금 생각해 보니 수강생 모두 보통 남녀와는 다른 복색과 자신감이 넘치는 얼굴들이 기억났다.

"그러니까 부자 반인가?"

그리고 생각을 멈췄다.

바로 강사가 들어와 강의가 시작된 탓이다.

맨 뒤쪽에 앉아 있는 탓에 유천은 토익 강의를 편안하게 들을 수 있었다.

앞에 있는 학생에게 질문이 집중되는 중이다.

뒤쪽에 앉아 있는 수강생들에게까지 강사의 질문이 이어지진 않았다.

유천은 편안한 마음으로 그저 들었다.

"공부한 게 도움이 되는군."

여기서도 강사의 말과 자신이 알았던 지식이 겹치는 것을 느꼈다.

"이대로 한 달만 한다면 가능하겠는데?"

유천은 더욱더 눈빛을 번쩍였다.

필요에 의해 배우는 과목이니까 그만큼 열정이 솟구칠 수밖에 없었다.

자신감을 얻은 유천은 강사 이야기를 무시하고 수강생 하나하나를 살피느라 여념이 없었다.

"다들 취업 준비생들이지?"

다들 절박한 얼굴로 열심히 강의에 집중하는 모습이다. 열정을 가지고 살아가는 청춘이란 이유 하나만으로도 충분했다.

'귀여운 것들.'

즐거운 미소를 지으며 유천은 그중에서 하나둘씩 옥석을 가리기 시작했다.

행동 하나, 몸짓 하나만 봐도 어느 정도 짐작이 가능했다.

유천은 노트에 하나둘씩 자신이 찍은 인물들을 적기 시작했다.

얼굴과 매치시켜 적다 보니 어려운 일도 아니었다.

강의를 마치자 유천은 곧바로 광화문에 있는 교보문고로 향했다.

좋아진 머리를 그대로 썩일 이유는 하나도 없었다.

닥치는 대로 지식을 흡수할 생각이다.

도서관보다는 새로운 신간 서적이 많이 나오는 교보문고를 택한 이유이다.

교보문고에 도착한 유천은 곧바로 유망 사업에 관한 책들을 닥치는 대로 읽기 시작했다.

유천은 책을 읽을수록 이상한 기분이 들었다.

읽으면 읽을수록 점점 더 읽는 속도가 빨라지고 머릿속에 기억되는 속도도 전과는 확연히 달랐다.

"쓰라 이거지?"

못 쓸 이유가 하나도 없다.

강한 체력, 그리고 좋은 머리가 있는데 자신감이 없을 이유는 하나도 없었다.

유천은 미친 듯이 자신이 보고 싶은 책을 휩쓸면서 보기 시작했다. 그러던 중 유천은 묘한 한 사람을 발견했다.

자신 쪽에 있는 서적을 향해 휴대폰을 들고 고개를 갸웃거리는 중년 남자의 모습이 보인 것이다.

"뭐하는 거지?"

유천은 잠깐 고개를 갸웃거렸지만 더 이상 신경 쓰지 않고 다시 책을 보기 시작했다.

그렇게 몇 두 시간 이상이 흐른 후에야 유천은 드디어 책을 손에서 놓고 시계를 봤다.

"돌아갈 시간이군."

이제는 집에 가야 할 시간이었다.

어머니를 혼자 두고 있다는 것은 그다지 좋은 일이 아니었다.

비록 간병인을 두고 있기는 하나 아들이 있는 것과 없는 것은 전혀 달랐다.

유천이 천천히 걸음을 밖으로 옮기는 순간 목소리가 들려
왔다.

"잠시만요."

유천은 아무 신경도 쓰지 않고 걸어갔지만 이번에는 어깨
를 살짝 건드리는 손길이 느껴졌다

유천이 반사적으로 고개를 돌리자 낯익은 얼굴이 보였다.

아까 자신 쪽으로 휴대폰을 들이대며 이리저리 고개를 갸
웃거리던 그 중년 남자였다.

"저를 부르신 겁니까?"

"네, 잠깐 시간 좀 내주시겠습니까?"

"바쁜데요."

유천이 딱 자르자 중년 남자가 얼른 명함을 꺼내 들었다.

"저 이런 사람입니다."

유천이 명함을 받아 들고 유심히 훑어봤다.

YK기획 기획이사 조영훈.

유천이 명함에서 시선을 떼어 조영훈을 바라봤다.

"YK기획이요?"

"한국에서 둘째가라면 서러운 연예 기획사입니다. 의심이
들면 인터넷에 검색해 봐도 바로 나올 겁니다만. 저희 사장님
이 이석준입니다."

"아, 이석준이요."

유천도 익히 들어본 이름이다.

대한민국 연예계를 주름잡는 기획사의 사장이기도 했다.

"잘 아시죠? 이런 기회 흔치 않습니다."

유천이 대답 없이 듣기만 하자 조영훈이 더욱 침을 튀겼다.

"저희 YK기획과 같이 일하신다면 수많은 기회를 잡을 수 있습니다. 물론 아무에게나 드리는 제안은 아닙니다."

"그런데 무슨 일로 절 부르신 겁니까?"

"혹시 자신이 카메라 앵글에 잘 잡히는 페이스란 걸 아십니까?"

"글쎄요."

시큰둥한 유천의 대답에 조영훈이 더욱 바짝 다가섰다.

"카메라발이 아주 좋습니다. 그래서 드리는 말씀인데, 혹시 연예계 생각해 본 적 있습니까?"

"연예계요?"

유천이 살짝 놀란 순간이다.

연예계. 전이라면 꿈도 꾸지 못할 일이지만 뜻밖의 제안을 받자 놀라지 않는다면 사람이 아니다.

"그렇습니다. 그쪽 정도 페이스와 몸매라면 충분히 가능한데, 어떻게 같이 일해보실 생각 없습니까?"

"……."

대답 없이 잠시 생각에 잠긴 유천이다.

연예계. 그쪽으로 진출한다면 수많은 사람의 구설수에 오를 것은 분명했다.

돈은 벌지 몰라도 골치 아픈 일이 산적해 있을 것이다.

자신의 일거수일투족을 추적하는 파파라치까지 생각하니 끔찍하다.

유천이 아무리 현실에 관심이 없다고 하나 그 정도는 익히 알고 있었다.

결정을 내리자 유천은 단호하게 말했다.

"관심 없습니다."

"아니, 이런 좋은 기회를 놓치시겠다는 겁니까?"

"네."

"잠깐 저하고 커피라도 한잔 하면서 이야기하시죠."

"싫은데요."

유천이 싱긋 웃으며 몸을 돌렸다.

순간 조영훈은 충격이라도 받은 듯 몸이 흔들렸다.

미소와 눈빛.

무조건 잡아야 한단 절박감마저 들었다.

"잠깐만요!"

"그만 가라니까요."

약간 짜증난 유천이 눈빛을 바꿨다.

조영훈은 심장이 쫄깃해지는 느낌에 자신도 모르게 시선을 돌렸다.

"아차."

다시 바라본 순간 이미 유천은 사라지고 없었다.

"대박인데……."

아쉬움에 조영훈은 한동안 멍하니 서 있을 뿐이다.

유천은 그동안 차일피일 미뤄온 일이지만 꼭 처리할 생각이다.

빙긋 웃으며 소중히 간직해 왔던 지갑을 꺼내 들었다. 유천의 손에 들린 건 이제는 낡아빠진 통장 하나였다.

스륵.

통장을 넘기는 유천의 얼굴에 따듯한 봄바람 같은 화사한 기운이 감돌았다.

이주봉.

예금 통장의 주인 이름이다. 유천은 잠시 고개를 들고 천장을 바라보았다.

"고마운 자식."

찍혀 있는 금액은 정확히 637만 원이었다.

유천의 기억 속에 검게 탄 얼굴이지만 환하게 웃는 한 남자의 얼굴이 스쳤다.

"정 중사님, 이거 보태십시오."

"아, 인마, 너도 모아야지."

"아닙니다. 사람이 돈이라는 건 쓸 때 써야 되는 거 아닙니까."

"언제 갚을지 장담하지 못해. 괜찮아."

유천이 극구 사양했지만 끝내 들이미는 이주봉의 미소가 떠오르자 절로 주먹이 쥐어졌다.

"자식."

유천은 이주봉에게 찾아갈 생각을 굳혔다.

"좀 늦었나?"

생각 같아서는 바로 찾아가고 싶었지만 사람 사는 게 그렇지가 않았다.

한국에 돌아와 할 일을 마무리하다 보니 시간은 강처럼 흐른 후였다.

유천은 기억이 난 김에 곧바로 수첩을 뒤적거렸다.

결국 찾아낸 전화번호로 전화를 거는 유천의 가슴이 두근거렸다.

─없는 번호이니 확인 후…….

목소리가 들리자 유천이 고개를 갸웃거렸다.

"전화를 바꿨나?"

희한한 일이다. 전화를 바꿨다 하더라도 연결되는 것이 한국 휴대폰이다.

그런데 뜻밖의 메시지를 듣자 유천은 약간 당혹스러웠다.

그러나 유천은 크게 실망하지 않았다.

곧바로 입대 동기에게 전화를 걸었다.

"나 정유천이야."

—유천아, 너 어쩐 일이야?

"다름이 아니고, 이주봉 전화번호 알지? 그 자식 어떻게 지내냐?"

—그 자식 제대했지.

"제대했어?"

깜짝 놀란 유천의 목소리에 입대 동기의 목소리가 들렸다.

—어, 제대했어.

"갑자기 제대할 리가. 그놈 군대 체질이잖아."

—안 좋은 일이 있어서.

"안 좋은 일이라니?"

유천은 좋지않은 예감이 들었다. 아니나 다를까, 입대 동기의 설명이 귀에 들렸다.

—군내에서 좀 사고가 있었어. 거의 쫓겨나다시피 나갔어.

"그래? 전화번호가 바뀌었던데 혹시 알아?"

—지금은 모르겠고, 알아보면 알아볼 수 있는데 왜? 술이나 한잔하자.

"어. 나중에 하고 일단 이주봉 전화번호가 필요해."

—이 자식 도대체 어디를 갔다 온 거야? 이야기를 들어보니까 별 소문이 다 돌던데.

"글쎄다. 일단 다시 연락할 테니까 전화번호 알아서 연락해 줘."

유천의 말에 상대가 곧 답했다.

ㅡ하루 정도면 알아볼 수 있을 거야. 연락할게.

"알았어."

전화를 끊고 난 유천이 팔짱을 끼었다.

"불명예제대인가?"

자신도 군대생활을 했기 때문에 알 수 있는 일이다.

"불명예제대할 일이 뭐가 있지?"

고개를 갸웃거릴 수밖에 없었다.

유천은 군대생활 할 때 마치 혈육처럼 지내던 사람들이 어떻게 돌변했는지 뚜렷이 보고 있었다.

솔직히 이해는 갔다.

돈이 아깝지 않은 사람은 없었다. 하지만 자신이 그들의 입장이었다고 생각해 본다면 고개를 저을 일이다.

자신이라면 분명히 도와줬을 일이다.

그러나 상대는 이러저러한 핑계를 대면서 아무도 그를 도와주는 사람이 없었다.

단 한 명, 이주봉만이 고개를 긁적이며 통장을 그에게 건네주었다.

"세상인심이 그렇지, 뭐."

유천이 말하면서도 이주봉을 보고 싶은 마음이 점점 더 솟아남을 느꼈다. 그러나 유천은 다시 입대 동기에게 전화를 걸지는 않았다.

때가 되면 전화가 올 거라는 생각에 꾹 참고 있는데 한 시간이 하루같이 길게 느껴졌다.

그날 저녁 마침내 입대 동기에게서 연락이 왔다.

"어떻게 됐어?"

─전화번호는 어떻게 알아냈는데 힘들었어.

공치사를 하는 입대 동기를 보며 유천은 슬쩍 짜증이 치밀었지만 내색하지는 않았다.

"수고했어."

─아, 동기한테 힘들게 알아냈는데, 전화번호가…….

유천은 얼른 볼펜으로 메모지에 적어 내려갔다.

"수고했어."

─우리 언제 술 한잔하냐?

"때가 되면 하겠지. 다들 잘 지내지?"

유천의 그저 접대적인 멘트가 흘러나왔으나 상대는 아직 모르는 눈치다.

─그럼. 다들 너 보고 싶어해.

"알았어. 조만간 보자."

─야, 벌써 끊는 거야?

"너 군 생활하느라 요즘 바쁠 거 아니야."

―알았어. 꼭 연락해라?

입대 동기가 다짐하듯이 말했지만 유천은 신경조차 쓰지 않았다.

"염병을 떨어라."

그때 생각만 해도 그리 정이 가지 않았다.

유천은 곧바로 이주봉에게 전화를 하려다가 순간 이상한 생각이 들었다.

"전화번호를 바꿨다."

혼잣말로 중얼거리던 유천의 머릿속에 여러 가지 생각이 떠올랐다. 전이라면 전혀 상상할 수 없는 일이었지만 지금은 달랐다.

유천은 보다 명석해진 머리로 상황을 예리하게 하나둘씩 자신 나름대로 분석하기 시작했다.

"그러니까 불명예제대에 전화번호까지 바꿨다."

그렇다면 분명히 큰 문제가 발생한 것이 분명했다.

이주봉의 성격을 누구보다 잘 알고 있는 유천이 여러 가지 추측을 하는 데는 그다지 오랜 시간이 걸리지 않았다.

"좋지 않아."

그 생각이 들자 유천은 곧바로 다른 이주봉의 동기에게 전화했다.

―여보세요.

무뚝뚝한 남자의 목소리가 들리자 유천이 얼른 입을 열었다.

"나 정유천이야."

—어? 정 중사님.

"중사는 무슨, 제대한 지가 언젠데. 그냥 선배님이라고 불러."

—아, 예. 그래도 어떻게 선배님이라고.

"이제 군바리도 아닌데 계속 중사라고 부를래?"

—아니, 그게 그래도…….

영 떨떠름한 목소리다. 유천은 개의치 않고 물었다.

"잘 지내지?"

—물론이죠. 중사… 선배님은 어떻게 지내십니까?

말이 왔다 갔다 하는 후임 목소리에 유천이 싱긋 웃으며 말했다.

"나야 늘 그렇지, 뭐. 그런데 너 이주봉 어떻게 지내는지 알아?"

—이주봉이요?

순간 목소리가 굳어지는 걸 보니 유천은 자신의 직감이 맞았음을 느꼈다.

"그래. 이주봉 좀 어떻게 지내는지 궁금해서 너한테 연락했어."

—그게…….

영 말하기가 껄끄러운 목소리였으나 유천은 다그쳤다.

"그냥 솔직하게 얘기하지. 나하고 이주봉 사이는 잘 알잖아."

—잘 알죠. 그래서……

"그러니까 얘기해 봐."

—뭐 정확히는 모르고요, 좋지 않은 일 쪽에 있다는 건 들었습니다.

"좋지 않은 일이라니, 그게 무슨 소리야?"

유천이 휴대폰을 바짝 귀에다가 댔다.

—선배님도 아시다시피 우리 부사관들이 나가서 사회에서 할 게 뭐가 있습니까? 거기다가 이주봉은 집안 형편도 안 좋지 않습니까?

"그랬지."

—그래서요.

"얘기를 해보라니까. 짜증나네."

유천이 화를 내자 상대가 찔끔한다.

군대에 있을 때도 정예 특전사 요원으로 이름을 날리던 정유천이기에 상대도 움찔한 모양이다.

—그게… 저 어두운 쪽에 있는 모양입니다.

"어두운 쪽이라니 혹시 주먹 쓰는 데 있는 거야?"

—저도 정확히는 모릅니다만.

"뭘 정확히 몰라? 자식아, 얘기해 봐."

유천의 안색이 굳어졌으나 후임의 목소리가 휴대폰을 통해 연이어 들렸다.

—영등포 쪽이라 들은 것 같습니다.

"어느 쪽에 있는데?"

—거기까지는 저도 정확히 모르고요, 그냥 저도 들려오는 이야기만 들었습니다.

"직접 만나서 들은 건 아니고?"

—만나도, 뭐…….

얼버무리는 후임을 보고 유천은 더 이상 묻지 않았다.

"알았다. 고맙다. 나중에 술이나 한잔하자."

—예, 연락 한번 주십시오.

후임의 밝은 목소리를 처음 들었지만 유천은 이미 다른 생각에 빠져 있었다.

통화를 마치고 나자 유천이 골치 아픈 듯 머리를 살짝 쓰다듬었다.

"이 자식이 어떻게 된 거야?"

10장

마음을 얻어라

　유천은 일단 지켜보고 판단할 생각이다. 만약 자신의 예상과 달리 그쪽 세계에 깊이 빠져 있다면 다른 방법을 택할 생각이다.

　그러나 한 가지가 걸렸다.

　이주봉 성격상 조직폭력배에 가담할 리가 없다는 생각이었다.

　여러 가지 생각이 나자 골치도 지끈거렸다.

　"빨리 돌려주고 끝내지, 뭐."

　그러나 아직 속단은 금물이었다.

　유천은 일단 이주봉을 만나볼 생각이다.

들은 이야기로 움직이는 곳이 어디 있는지를 확인한 유천이기에 망설임없이 영등포로 향했다.

영등포. 대한민국의 유명한 환락가이자 밤이 휘황찬란한 곳으로 유명했다.

"팔자 좋은 인간 많네."

유천은 한마디 쏘아붙이고 꼿꼿한 걸음걸이로 영등포 시내 거리를 걸었다.

5분쯤 걷자 후임이 말한 곳이 나타났다.

"여기가 거점이란 말이지."

분명히 후임에게 듣기로는 여기에서 일을 봐주는 것으로 알고 있다.

"조폭 좋아하네."

유천은 맞은편에 있는 커피숍에 자리 잡고 시선을 고정시켰다.

그러기를 삼십 분이나 지났을까, 마침내 눈에 익은 남자가 입구에 모습을 드러냈다.

이주봉. 군복을 입은 모습과 전혀 다른 차림새였지만 한눈에 알아볼 정도였다.

180이 넘는 키에 다부진 몸, 그리고 구리빛 얼굴에 날카로운 눈매는 그대로였다.

이주봉은 나오자마자 담배 한 대를 입에 물었다.

"자식, 담배도 안 피던 놈이."

담배를 피운다는 자체부터 스트레스가 쌓였다는 이야기
다.

망설일 이유가 없던 유천이 얼른 커피숍을 나섰다. 아직 담
배 반도 못 핀 이주봉에게 가 어깨를 쓱 잡았다.

"누구야."

대뜸 팔을 꺾어 돌리려는 이주봉의 몸놀림은 여전했다. 가
볍게 뿌리친 유천이 싱글거리며 말했다.

"이 자식이, 제대하더니 선임도 갈구네."

귀에 익은 목소리가 들리자 이주봉이 벼락같이 돌아섰다.
그리고 잠깐의 시간이 필요했다.

"정 중사님."

"마, 너나 나나 군대 나온 지 얼만데 중사는 개뿔."

"정 중사님 맞으시죠?"

"얼굴 보면 모르냐?"

유천이 핀잔을 줬지만 이주봉이 반색하며 달려들었다.

"선배님, 이게 얼마만입니까?"

"꽤 오랜만이지."

"식사하셨습니까?"

"같이 먹으려고 일부러 굶고 왔어."

유천이 너스레를 떨자 이주봉이 손을 잡아끌었다.

"제가 잘 아는 식당이 있습니다. 가시지요."

"그럴까."

두 사람은 어깨를 나란히 하고 걸었다.

유천이 따라간 곳은 양평해장국집이었다.

"여기 양선지 해장국이 죽입니다. 여기 두 개요."

"자식."

유천은 반가워하는 이주봉을 보고 기분이 살짝 풀어졌다.

몇 분 안 걸려 나온 양평해장국을 반쯤 먹었을까, 유천이 넌지시 이주봉에게 물었다.

"야, 어쩌다가 조폭생활을 하게 됐어?"

"정 중사님."

"중사란 호칭 그리 안 좋아. 내키면 형님이라 부르던지."

"형님 식사하십시오."

슬쩍 말을 피하는 이주봉이었지만 유천은 집요했다.

"하고 많은 직업 중에 이게 뭐냐."

"죄송합니다. 먹고살려다 보니 이렇게 됐습니다."

"언제까지 할 거야?"

"필요한 돈이 수중에 있을 때까지요. 그리고 제 양심에 비춰 그렇게 악랄한 짓은 안 했습니다."

이주봉의 말에 유천이 말문을 닫았다.

그때였다.

이주봉의 시선이 한쪽을 향했다.

거기에는 허리가 구부러진 할머니 한 명이 사탕을 테이블 위에 올려놓고 고개를 굽실거렸다.

"하나만 팔아주세요."

그러나 세상인심이 야박한 듯 아무도 팔아주는 사람이 없었다.

마침내 할머니가 유천과 주봉이 있는 테이블로 왔다.

"선생님, 이거 좀 하나만 팔아주세요."

유천은 바로 지갑에 손을 올리려다가 순간 주춤했다.

어느새 이주봉이 지갑을 꺼내들고 만 원짜리 몇 장을 꺼내 할머니 손에 쥐어 줬다.

"여기 있습니다."

"아니, 이거 너무 많습니다. 선생님."

"괜찮아요. 가서 맛있는 거 드시면 됩니다."

이주봉이 환한 미소를 지었으나 할머니는 완강했다.

"아니에요. 천 원이면 돼요."

"받으시라니까요."

"천 원이면 된다니까요."

할머니는 도무지 고집을 꺾지 않았다.

유천은 두 사람의 실랑이를 가만히 바라보고 있었다. 이주봉이 결국 자리에서 벌떡 일어서며 말했다.

"할머니, 이거 안 가져가면 나 위통 홀렁 벗습니다."

"아니, 선생님."

이주봉은 망설임없이 바로 셔츠를 벗기 시작했다.

"조금 있으면 이거 다 벗습니다."

"아니 그게."

"그러니까 가지고 가세요."

이주봉은 얼른 지폐를 할머니 주머니에 집어넣었다. 그리곤 할머니 손을 잡고 밖으로 모셔다 드리고 고개를 꾸벅 숙이는 모습까지 보였다.

잠시 후 돌아온 이주봉이 아무렇지 않은 척 식사를 했다.

바라보고 있던 유천이 피식 웃으며 말했다.

"새끼 인간성은 살아 있네."

"다들 하는 겁니다."

"조폭이 하면 웃을 일이지."

"저라고 마음 편하진 않습니다."

이주봉의 얼굴에 살짝 어둠이 스쳐 가는 걸 본 유천이 내심 크게 웃었다.

'새끼.'

한 가지 행동을 보면 열 가지를 아는 법이었다. 이주봉의 행동으로도 유천은 충분히 마음이 풀어짐을 느꼈다.

'사연이 있는데.'

당장 물어본다고 선뜻 대답해 줄 이주봉 성격이 아님을 잘 알았다.

'시간을 두고.'

예금통장의 기억이 아직 남았기에 유천은 기꺼이 시간을 할애할 용의가 있었다.

그러나 기다림은 그리 오래 걸리지 않았다.

따라라.

갑자기 이주봉 휴대폰이 요란스레 울었다. 벨소리를 듣던 유천이 살짝 핀잔줬다.

"촌스럽게."

이주봉은 찍힌 번호를 보고 얼굴이 굳었다.

"접니다… 네, 바로 가겠습니다."

휴대폰을 내려놓은 이주봉에게 유천이 물었다.

"부르냐?"

"형님, 급한 일이 있어 먼저 가봐야겠습니다."

"그래."

유천은 선선히 자리를 일어섰다.

이주봉이 다급한 걸음으로 먼저 나가자 유천 눈이 섬뜩하게 빛났다.

'아주 좋아.'

유천은 직감했다.

무슨 일이 벌어졌음이 분명했다.

밖으로 나가자마자 택시를 잡자마자 기사에게 양해를 구했다.

"이 앞에서 대기 좀 하다가 말씀드리면 출발하세요. 대기료는 물론 택시비도 넉넉하게 드릴게요."

"말씀만 하십시오."

택시기사가 반색하며 인사했다.

그리고 짧은 기다림이 이어졌으나 그리 오래 걸리지 않았다.

타닥.

덩치 큰 남자 여러 명이 길가로 나왔다. 그중엔 이주봉도 보였는데 사십대로 보이는 남자를 감싸는 모습이었다.

"저건 뭐야?"

유천이 고개를 갸웃거리는 순간 이주봉은 곧바로 앞에 대기된 차를 타고 어디론가 움직였다.

"저 차 따라가세요."

"갑니다."

신이 난 택시기사가 얼른 차를 몰았다.

한참을 달리던 차는 경기도 이천에서 섰다.

철컥.

문을 열고 내리는 이주봉을 바라보며 유천은 살그머니 뒤를 추적했다.

일정거리를 두고 움직였지만 날카로워진 청각은 이주봉의 목소리를 가느다랗게나마 들을 수 있었다.

"여기서 붙는다고?"

"예, 형님."

그리고는 말이 끊겼다.

"자식, 말 짧은 건 여전하네."

유천은 싱긋 웃으며 뒤를 따랐다.

3분여를 걸어가자 산속에 있는 공터에 수십 명의 남자가 우글거리고 있다.

유천은 한눈에 서로 대결하는 상황임을 알아볼 수 있었다.

"머리 쓰네."

유천은 경찰의 이목을 피해서 멀리서 겨룬다는 걸 알 수 있었다. 잔머리를 굴린 모양이다.

유천은 덤덤한 시선으로 두 무리를 바라봤다. 이미 청각은 가득 곤두서 있어 그들의 목소리를 흐릿하게나마 들을 수 있었다.

"나이트클럽 넘기라니까."

"미친 새끼들."

더 이상 들을 필요도 없었다. 결국 나이트클럽 운영권을 가지고 싸우는 게 분명했다. 그런 건 유천의 관심사도 아니었다.

유천의 시선은 이후 이주봉에게로 고정되었다.

조직폭력배들은 몽둥이, 쇠파이프 등으로 중무장한 채 서로를 노려보고 있었다.

뒤에서 시퍼런 광채가 번쩍이는 걸 보니 사시미 칼이 분명했다.

"쯧쯧."

혀를 차던 유천은 이주봉의 두 손을 보고 고개를 끄떡였다.

"자식."

이주봉은 다른 폭력배와는 달리 손에 아무것도 들지 않은 채였다.

왠지 기분이 좋아진 유천은 더 이상 지켜보지 않고 천천히 그쪽으로 걸어갔다.

"쳐라."

유천이 몇 발자국 떼기도 전에 양쪽의 싸움이 붙었다.

퍽!

몽둥이로 후려치고 쇠파이프로 사정없이 몸뚱이를 강타하는 모습이다.

유천은 흔들림 없이 이주봉의 옆으로 다가가 우뚝 섰다.

"이 새끼."

이주봉을 향해 한 조폭이 쇠파이프를 휘두르자 이주봉이 슬쩍 몸을 돌려 피하고는 주먹으로 냅다 쳤다.

퍽!

한 대 맞고 비틀거리는 순간 왼쪽발이 복부를 강타했다.

퍽!

단 두 대였지만 정확한 힘이 실렸는지 남자는 쓰러져 꼼짝도 하지 못했다.

그러나 적은 많았다.

뒤에서 한 폭력배가 쇠파이프로 이주봉의 어깨를 내려치

려는 순간이다. 그러나 유천의 손이 훨씬 빨랐다.

턱!

쇠파이프를 잡고 그대로 면상에 주먹을 날렸다.

퍽!

"크윽!"

짤막한 일격이었지만 엄청난 힘이 실린 탓에 바로 상대의 코가 으깨지며 쓰러졌다.

그때부터 유천은 이주봉의 뒤에서 노리는 자들만 사정없이 두들겨 팼다.

퍽퍽!

처음에는 몰랐지만 나중에 이상한 낌새를 차린 이주봉이 뒤를 돌아봤다.

뒤에는 선글라스를 낀 유천이 히죽 웃으며 손을 흔들고 있다.

"주봉아."

"누구?"

"이제는 얼굴도 잊어버렸냐? 야, 조심해."

바로 앞에서 다가오는 쇠파이프를 보고 이주봉이 놀라 훌쩍 몸을 피했다.

쇠파이프를 든 남자는 곧장 직진해 유천에게 달려들었다.

"이게 미쳤나?"

유천은 쇠파이프의 각을 줄여 슬쩍 피하며 바로 면상에 팔

꿈치를 날렸다.

퍽!

뼈 부러지는 소리와 함께 남자가 그대로 쓰러져 고통에 몸부림쳤다.

빠직!

유천의 발이 망설임없이 상대 어깨를 짓뭉개 버렸다.

"크아악!"

처절한 비명이 들렸으나 유천은 본 척도 하지 않았다.

드디어 유천을 알아본 이주봉이 화들짝 놀랐다.

"아니, 정 중사님!"

"중사 같은 소리 하지 마라. 제대한 지가 얼만데. 그냥 아까처럼 형이라고 불러."

유천이 핀잔을 줬으나 이주봉은 여전히 놀란 토끼눈을 지우지 못했다.

"도대체 여기 어쩐 일이십니까?"

"그러는 너는 여기서 뭐해?"

유천의 냉랭한 말에 이주봉의 얼굴이 붉어진 것을 어둠 속에서도 느낄 수 있었다.

"저야 뭐……."

"이런 곳에 있으면 인간 버려. 저쪽으로 가서 이야기 좀 하자."

"형님, 저 가면 안 됩니다. 한 사람 지켜야 합니다."

"따라와라."

유천은 말로 안 된다는 걸 잘 알고 있다. 이주봉의 오른팔을 잡고 산 쪽으로 잡아끌었다.

"형님."

"가자니까."

유천의 힘에 이주봉이 질질 끌려왔다. 이주봉은 순간적으로 깜짝 놀라 말했다.

"아니, 형님."

발버둥 쳤지만 유천의 힘을 당할 수는 없었다.

그때 한 조직폭력배가 달려들었다.

"야, 이 개새끼!"

퍽!

유천은 대꾸도 없이 바로 달려드는 남자의 복부를 걷어찼다.

허공을 붕 날아 떨어진 남자는 한 방에 기절한 듯 정신을 차리지 못하는 모습이다.

"새끼가 분위기 파악도 못해."

유천이 쓰러진 조폭에게 인상을 구겼다.

유천은 이주봉을 질질 끌다시피 싸움터에서 멀어진 곳에 자리를 잡았다.

"설명을 해봐."

"뭐 말입니까?"

"이렇게까지 해서 돈 벌어야 해?"

"……."

대꾸 없이 침묵하는 이주봉에게 유천이 말했다.

"너 이 짓 하려고 군대에서 훈련한 거야?"

"그건 아닙니다."

"아닌데 왜 여기 있어?"

유천의 말이 연이어 날카로운 송곳처럼 가슴을 후려파자 이주봉의 얼굴이 묘하게 변했다.

"그냥 가십시오. 오늘 도와주신 건 감사합니다."

"그냥 못 가. 이야기를 들어야겠어."

"말 못할 개인적인 사정이 있습니다."

"개인 사정이라……. 너 불명예제대했단 이야기는 들었어."

"그 얘기는 그만하십시오."

신경질적으로 대답하는 이주봉의 얼굴이 일그러졌다. 유천은 그런 이주봉을 쏘아보며 말했다.

"그래서 빗나가는 거야?"

"그건 아닙니다."

"왜 돈벌이가 좀 되나?"

"맞습니다. 돈이 필요합니다!"

벼락처럼 소리치는 이주봉의 목소리에 유천이 조용히 물

었다.

"왜 필요해?"

"후우, 형님이니까 말씀드리겠습니다."

이주봉의 얼굴이 조금 차분해졌다.

사실 유천과 이주봉은 군대 시절부터 형제처럼 끈끈한 사이였다.

그러기에 이주봉도 더 이상 반발하지 않았다.

"해봐."

"목돈이 필요해도 꾹 참고 일자리 알아봤습니다. 그런데 제대로 다닐 데가 없더군요."

"한 군데도 없었어?"

"다니면서 더러운 꼴을 많이 당했습니다."

더 이상 듣지 않아도 이해할 수 있는 일이다. 괄괄한 성격의 이주봉이 사회의 더러운 꼴을 그냥 보기에는 힘들었을 거라는 느낌이 들었다.

"그렇다고 여기밖에 올 데가 없었어?"

"그럼 어떻게 합니까? 일당제도 가봤습니다."

"그런데?"

"일이 불규칙하더군요. 경기가 안 좋아서 말입니다."

"……."

이번에는 유천이 침묵했다. 이주봉은 한숨을 푹 내쉬고는 다시 입을 열었다.

"저 큰 돈이 필요했습니다. 더구나 형님도 알다시피 이 젊은 나이에 백수로 지낼 수는 없는 거 아닙니까."

"뭘해도 조직폭력배보다는 낫지 않겠어?"

"말 못할 사정이 있습니다."

그 말에 유천은 모든 것을 이해할 수 있었다.

이주봉의 집안도 그렇게 편안한 편은 아니었다.

이주봉이 준 통장의 637만 원이 얼마나 큰돈인지 잘 알고 있었다.

있는 자에게는 그저 하룻밤 술값에 불과하지만 이주봉에게는 아니라는 걸 알고 있다.

그 돈이라면 식구들이 한동안 편안하게 지낼 수 있을 정도의 거금이었다.

유천은 그런 이주봉에게 한마디 했다.

"그런 놈이 삼 년 전에 왜 나한테 그 돈을 줬어?"

"씨팔, 그럼 어떻게 합니까?"

거친 말투였지만 유천은 이주봉의 마음을 한마디로 짐작할 수 있었다.

유천은 이제 말을 돌릴 때라는 걸 알았다.

"취직자리가 있으면 여기 나올 거야?"

"이미 늦었습니다."

"늦다니, 그게 무슨 소리야?"

"여기 한 번 들어온 이상 나가기는 쉽지 않습니다. 형님이 이쪽 세계를 아십니까?"

"전혀 모르지."

"그럼 그냥 돌아가십시오. 형님에게까지 피해주고 싶지 않습니다."

이주봉의 말에 유천이 싱긋 웃었다.

"누가 나한테 피해를 줄 수 있는데?"

"형님이 대단하신 건 알지만 혼자이고 여기는 다수입니다."

"가끔 혼자가 다수를 이기기도 해."

"말도 안 되는 소리 하지 마십시오!"

완강한 이주봉을 보고 당장 설득할 생각을 접었다. 유천은 그런 이주봉에게 한마디 했다.

"내일 저녁에 소주나 한잔할까?"

"소주요? 그건 좋습니다."

내키지 않는 기색이 역력한 것이 어쩔 수 없이 승낙하는 모양새였다.

유천은 그런 이주봉의 어깨를 툭 쳤다.

툭.

"알았어. 내일 전화할게."

"제 전화번호 아십니까?"

"알려고 마음먹으면 모르겠냐? 나 간다."

"형님."

이주봉이 떨떠름한 표정으로 입을 열자 유천이 한마디 했다.

"저쪽 보니까 대충 결판이 난 것 같네."

유천의 입장에서는 누가 이기던 상관없었다.

그러나 이주봉이 속한 조직폭력배가 이겼다는 건 한눈에 알 수 있었다.

다음 날 오전 10시가 되자 유천은 망설임없이 이주봉에게 연락했다.

—형님.

반가운 목소리에 유천이 물었다.

"오늘 시간 어때?"

—점심시간이 비어 있습니다.

"어디서 볼까? 네 나와바리 쪽에서 볼까?"

—형님이 나와바리라는 말도 쓰십니까?

"가끔 농담도 해. 거기서 열두 시에 보자."

—예, 제가 근사하게 대접하겠습니다.

"근사하게? 그런 돈으로는 먹고 싶지 않아. 내가 살게. 이따가 보자."

통화를 마친 유천은 곧바로 외출 준비를 서둘렀다.

최대한 편안한 복장, 그리고 몸 놀리기 편한 상태의 옷을 골라 입었다. 그러다 보니 면바지에 티셔츠 차림이다.

유천은 옷을 다 입고 거울을 보며 말했다.

"오늘 끝내자고."

스스로에게 하는 다짐이기도 했다.

열두 시 정각이 돼 약속 장소에 나가자 어느덧 이주봉이 나와서 유천을 반겼다.

"형님 오셨습니까?"

"그래, 가자. 이쪽에 해장국집 괜찮은 데가 많이 보이더라."

유천은 이주봉의 손을 잡아끌고 해장국집으로 들어섰다.

"형님."

"먹을 때는 말하지 말자."

유천은 한마디로 끊어버렸다.

김이 모락모락 나는 해장국을 빠르게 먹어치운 두 사람이다.

유천이 곧바로 계산대 옆으로 가자 이주봉이 나섰다.

"형님, 제가……."

"그 돈으로 안 먹는다고 했지?"

순간 멈칫하는 이주봉의 눈에 자존심이 상한 기색이 역력했다. 계산을 치르고 난 유천이 이주봉에게 시선을 돌렸다.

"왜, 기분 나빠?"

"아닙니다."

"좋지는 않겠지. 아직 해가 중천이니 술은 그렇고 커피나

한 잔 하자."

유천은 이주봉의 기분 따위는 생각하지 않았다. 뒤따라오던 이주봉 얼굴이 사나워졌지만 유천은 보면서도 모른척 넘어갔다.

커피숍에 앉자마자 이번에는 유천이 먼저 입을 열었다.

"이 일 좋아?"

"무슨 말씀이신지?"

"조직폭력배 생활이 좋으냐고."

"좋을 리가 있겠습니까?"

"그만하자."

유천이 다그치듯 말하자 이주봉이 눈빛을 빛냈다.

"형님이 제 입장이 되시면 알 겁니까."

"네 입장은 자세히 모르지만 이건 아닌 것 같아. 왜, 돈 때문에 그래?"

"아니라고 부인하지는 못하겠습니다."

"야, 인마, 너 나한테 통장 준 거 기억하지?"

"잊어버렸습니다."

이주봉의 말에 유천이 씩 웃었다.

"그걸 잊어버릴 리가 있나?"

"기억이 안 난다고요."

"그렇게 했던 놈이 이런 데서 왜 놀아?"

"형님, 자꾸 그렇게 말씀하시면 저 갑니다."

이주봉이 벌떡 일어서자 유천이 낮게 말했다.

"가긴 어딜 가. 가더라도 같이 가야지."

"어딜 말씀이십니까?"

이주봉이 놀라 묻자 유천이 태연하게 대답했다.

"너네 두목인지 보스인지 개뼈다귀 같은 새끼 만나러 가야지."

"형님, 무슨 말씀이신지?"

"가서 너 이제 그만 나온다고 해야지."

"형님, 그건 곤란합니다."

이주봉이 난처한 기색을 보이자 유천이 물었다.

"왜, 그들이 목이라도 잡아끌어?"

"쉽게 나오기 힘듭니다. 아시다시피 여기는 배신이라는 것이 용납되지 않습니다."

"미친 자식, 언제 우리나라 조직폭력배가 의리 따졌어, 돈 따졌지?"

"형님."

"과거 이야기는 하지 마라. 과거에는 몰라도 지금은 아니야."

유천이 막무가내로 말하자 이주봉이 난처한 얼굴로 변했다.

"위험합니다. 그리고 형님은 혼자가 아닙니까."

"너한테 하나 묻자."

"말씀하십시오."

이주봉이 강하게 말하자 유천이 슬며시 물었다.

"나올 생각은 있어?"

"솔직히 없습니다."

"왜, 돈 때문에?"

"이 나이 들어서 받아주는 데도 없습니다."

솔직한 이주봉 말이 더 마음에 든 유천이 싱글거렸다.

"받아줄 데 있어."

"어디 말입니까?"

"있다니까."

유천은 단호하게 말한 후 자리에서 일어섰다.

"형님, 어디 가시려고? 진짜 가시려고요?"

"가야지."

"위험합니다. 상대는 숫자가 많습니다."

"숫자? 그건 중요하지 않아. 어떻게 하고 싶다는 의지가 중요하지."

유천이 단호하게 말하며 앞장서자 이주봉이 얼른 뜯어말렸다.

"형님, 제가 깊이 생각해 보겠습니다."

"생각할 시간이 없다."

"형님."

"나도 일손이 필요해."

유천이 처음으로 본심을 드러내자 이주봉이 깜짝 놀랐다.

"일손이라니요? 형님, 무슨 일 하십니까?"

"할 게 많아. 그리고 너 같은 놈이 필요해."

"절 어디다가 쓴다는 말입니까. 저 군대에서는 모르지만 사회에서는 쓸모가 없던데요."

"나한테는 쓸모가 있어."

유천의 말에 이주봉이 허탈하게 웃었다.

"저 듣기 좋으라고 하시는 말씀 아닙니까?"

"절대 아니야. 뭐하냐? 가자."

유천이 앞장서서 걸었다. 뒤에 따라오던 이주봉이 다시 한 번 말했다.

"형님, 정말 무슨 뜻으로 이러시는 겁니까? 그때 그 통장 건 때문에 이러시는 거면 관두십시오."

"아니라고 부인하지는 못하겠지만 너란 놈이 필요해."

"말씀을 제대로 해주셔야 제가 생각을 해볼 거 아닙니까."

"넌 생각하지 마. 내가 하는 대로 따라와."

유천의 말에 이주봉의 안색이 일그러졌다.

"형님, 이거 너무하시는 거 아닙니까?"

"아니. 너 나 믿나?"

유천이 처음으로 진지한 표정으로 묻자 이주봉이 순간 주춤하더니만 곧바로 고개를 끄덕였다.

"형님 말 믿죠."

"그럼 아무 말 없이 따라와."

"에이, 씨발."

드디어 욕이 나오는 이주봉을 보고 유천이 싱긋 웃었다.

"너 지금 나한테 욕하는 거냐?"

"아니요. 현실이 엿 같아서 그럽니다."

"그 엿 같은 현실을 좋게 바꿔보자고. 가자."

"정말 가실 겁니까?"

"그럼 농담하는 줄 알았어?"

유천이 표정을 굳히자 이주봉이 고개를 절레절레 흔들었다.

"갑시다. 죽이 되던 밥이 되던 나중에 저 원망하시면 안 됩니다?"

"너 원망할 일 없어."

유천은 단호하게 말하고 곧바로 이주봉을 앞장세웠다.

이주봉은 어쩔 수 없다는 듯이 한 빌딩 안으로 들어섰다.

"여깁니다. 여기 지하에 보스가 있습니다."

"보스는 무슨, 걸레 같은 녀석이지."

유천은 차갑게 비웃으며 앞장서 들어갔다.

화려한 대리석 벽에 조각까지 새겨져 제법 고급스러운 분위기를 풍겼다.

뚜벅뚜벅.

걸어가던 유천이 흘낏 옆을 보고 이주봉에게 말했다.

"두렵지 않아?"

"두렵기는요. 군대에서 뭘 배웠습니까?"

"그래, 가자."

유천은 더 이상 말하지 않고 앞으로 나갔다. 특실이라고 쓰인 방 앞에 서자 두 명의 남자가 나타났다.

"무슨 일이십니까?"

"큰형님 좀 뵈러 왔다."

"그럼."

깍듯하게 고개를 90도로 숙이며 두 남자가 물러갔다.

철컥.

유천은 망설임없이 문을 열고 들어섰다.

문안에서는 요란한 음악 소리와 함께 남녀가 부둥켜안고 그야말로 난장판을 연출하고 있었다.

여자 가슴에 얼굴을 묻은 인간, 여자 치마 속에 손을 집어넣는 놈, 그야말로 추태의 극치였다.

유천은 말없이 다가가 노래방 기계를 꺼버렸다.

툭.

노래방 기계가 꺼지자 일순 모든 시선이 유천에게 집중되었다. 한 덩치 큰 남자가 버럭 소리쳤다.

"뭐하는 새끼야!"

그때서야 뒤를 따라 들어온 이주봉의 모습이 보이자 남자가 인상을 잔뜩 찡그렸다.

"이주봉 너, 지금 뭐하자는 거야!"

"……."

이주봉은 아무 말 없이 정면만 바라볼 뿐이다. 유천은 앞으로 한 걸음 걸어가면서 말했다.

"오늘부로 이주봉은 이 세계를 떠난다. 불만 있나?"

"저런 미친 새끼!"

대뜸 거친 목소리와 함께 남자들이 자리에서 우르르 일어섰다. 술집 여자들은 공포에 질린 모습으로 한쪽에 모여 바들바들 떨고 있다.

유천은 그들을 보고 태연하게 말했다.

"주먹을 쓰는 놈은 타박상, 무기를 든 새끼는 골절상이야."

"잠깐."

묵직한 목소리와 함께 맨 안쪽 상석에 앉아 있던 남자가 일어섰다.

유천은 말없이 그를 바라볼 뿐이다.

남자는 곧바로 시선을 이주봉에게 돌리며 말했다.

"이주봉 너, 지금 이거 뭐하자는 거야?"

"나가겠다는 겁니다."

그때 유천이 말했다.

"존대는 무슨 존대."

그러자 남자의 시선이 유천에게 향했다.

"너 뭐하는 자식이야?"

"나? 내 동생 데려가려는 사람."

"이 새끼들이 세트로 미쳤네."

"거 말 많네."

유천이 남자에게 걸어가자 고함이 들렸다.

"조겨!"

바로 앞에 두 남자가 몸을 날렸다. 거구인데도 허공을 사뿐하게 날아 발을 뻗는 모습이 예사로운 동작이 아니었다.

턱턱!

유천은 날아오는 발을 손으로 잡고 그대로 돌려 버렸다.

쾅!

원심력에 벽에 부딪친 두 남자는 그대로 땅에 쓰러진 채 기절해 버렸다.

유천은 씩 웃으며 손을 털었다.

저벅저벅!

그리고 다시 걸음을 옮겼다.

"이 씨팔 놈이 여기가 어디라고."

다시 한 번 고함 소리가 들리며 남자들이 우르르 덤벼들었다.

그때 뒤에 있던 이주봉이 유천에게 다가섰다.

"좀 도와드리겠습니다."

"아니. 혼자도 충분해."

말대로 유천의 주먹이 비호같이 날았다. 보통 사람의 동작보다 훨씬 빠른 손길이다. 한 대 맞은 남자들이 그대로 쓰러져 갔다.

"잡아!"

유천을 잡으려 세 명이 달려들었다.

척척척!

팔과 다리를 잡고 늘어지는 남자의 근력은 보통이 아니었다.

"잡으면 되냐?"

유천은 잡은 손을 잡고 그대로 돌렸다.

"아악!"

엄청난 아귀의 힘에 손이 잘릴 것 같은 고통에 두 남자가 손을 뗐다.

퍽퍽!

유천의 다리가 허공에서 180도를 그리며 좌우로 후려쳤다. 관자놀이를 정통으로 맞은 두 남자가 그대로 쓰러졌다.

쿵쿵!

그때 남자가 소리쳤다.

"이 새끼, 창자 꺼내 줄넘기할까 보다!"

"주둥이하고는."

유천은 남자에게 다가설 뿐이다. 이제 불과 남은 간격은 2, 3미터 정도였다.

"담가 버려!"

번뜩.

시퍼런 칼날이 번뜩이며 유천의 눈에 칼이 보였다. 유천은 전혀 흔들림 없는 자세로 다가온 칼을 그대로 주시했다.

몸동작을 보며 움직임을 파악한 유천이 슬며시 몸을 돌렸다.

빠직.

칼을 잡은 오른손을 잡아 그대로 비틀어 버린 유천이다. 바로 뼈가 부러지며 허공에 오른팔이 너덜거렸다.

"으악!"

참혹한 비명을 지른 순간 유천의 손이 인정사정없이 다리를 향해 걷어찼다.

빠각!

종아리뼈가 부러지는 소리와 함께 두 남자가 소리 없이 쓰러졌다.

가공할 스피드와 파괴력이었다.

바라보던 이주봉의 눈이 점점 커졌다.

"형, 형님!"

유천이 보여준 빛살 같은 동작에 달려든 남자들이 모조리 땅에 쓰러지는 데는 불과 2분도 걸리지 않았다.

마지막 남은 보스가 윗옷을 벗어 들었다.

"이 개새끼가."

유천은 대꾸 없이 비호같이 몸을 움직여 남자의 면상을 후려쳤다.

"으악!"

얼굴에 가해지는 강한 충격에 남자가 비명을 지르는 순간 유천의 오른손이 목을 잡아 허공으로 그대로 올렸다.

100㎏은 족히 나가는 남자가 허공에서 덜렁거리는 모습은 가관이었다.

유천이 남자에게 말했다.

"경고하지. 만약 동생 손끝 하나라도 건드리면 너희는 다 죽는다."

"이 자식이!"

자존심에 발작하며 바동거리는 남자를 그대로 소파로 내던졌다.

쿵!

떨어지자마자 유천의 손이 팔다리를 슬쩍 비틀었다.

부드득!

"아악!"

팔다리가 모두 부러져 남자는 고통에 몸부림을 쳤다. 팔다리가 부러진 후라 바르르 떨 뿐 아무것도 할 수 없다.

"명심해라. 다음에는 목이다."

유천의 스산한 목소리에는 강한 살기가 서려 있었다. 암흑가에서 굴러먹던 남자도 그 살기에는 질렸다는 듯이 얼굴이 새파랗게 질렸다.

"알겠어?"

"……."

대꾸가 없자 유천의 오른손이 뺨으로 갔다.

쫙!

"악!"

얼굴에 밀려온 얼얼한 통증은 물론이고 몸이 흔들리자 부러진 팔다리의 통증이 더 심하게 느껴졌다.

부러진 뼈가 살을 찌르자 남자는 고통에 몸부림치기 시작했다.

유천은 그런 남자에게 다시 말했다.

"어쩔 거야?"

"어, 없던 걸로 하지."

"씨발 놈이 말을 짧네."

유천이 다시 오른손을 들자 남자가 급히 말했다.

"이, 잊겠습니다."

"안 잊어도 돼."

"전 이주봉이란 놈을 모릅니다."

"아주 좋은 자세야. 그러나 확실히 할 건 해야지."

유천은 쓰러진 남자 중 무기를 들었던 자들의 오른팔을 질근 밟았다. 자신이 한 경고 그대로 움직였다.

부드득!

"끄아악!"

완전히 복합 골절이 일어날 정도로 강하게 밟으면서 유천이 이주봉에게 말했다.

"가자."

"형님, 도대체……."

이주봉은 눈으로 보면서도 믿을 수 없었다. 유천이 강하다는 건 알았지만 이 정도일 거라고는 꿈에도 생각하지 못했다.

"남자는 가끔 숨기는 것도 있단다. 가자고."

유천은 곧바로 룸 밖으로 나왔다. 밖에 있던 두 남자가 이미 소란을 들었는지 기겁하며 다가섰다.

"뭐야?"

유천은 대꾸 없이 그들의 복부에 가볍게 주먹 한 대씩을 선사했다.

"우욱!"

쓰러져서 배를 잡고 뒹구는 두 남자는 거들떠도 안 보고 유천은 앞으로 걸었다. 뒤따라오는 이주봉이 말했다.

"형님."

"그냥 형이라고 불러. 형님이라고 하니까 나도 무슨 조직 폭력배된 것 같잖아."

유천이 빙그레 웃자 이주봉이 질린 표정이다.

"가자고. 가서 할 얘기가 많아."

유천은 이주봉의 어깨를 툭툭 치며 앞으로 걸어 나갔다.

조용한 공원 벤치에 앉아 자판기 커피 한 잔을 앞에 두고 유천이 물었다.

"도대체 왜 이쪽으로 온 거야? 그렇게 피하려 들지 말고 이야기를 해봐."

"사정이 있다니까요."

이주봉은 완강하게 이야기하기를 거부했다.

그러나 유천 입장에서는 사연도 듣지 않고 이쪽에 있는 그를 이해하기 힘들었다.

"너 이 짓 하려고 특전사에서 뺑이 친 거야?"

"……."

아무 말 없이 고개를 숙이는 이주봉에게 비수 같은 말을 날렸다.

"너 왜 쓰레기가 되어 가냐?"

"그런 말씀하지 마십시오. 저 조폭 아닙니다."

"그럼 뭐야?"

"여기 보스 경호해 주기로 해서 계약했습니다."

"그거나 이거나."

유천이 화난 표정을 거두지 않자 욱하는 마음이 든 이주봉이 말했다.

"정 알고 싶으십니까?"

"그래."

"그럼 따라오십시오."

이주봉은 잔뜩 굳어진 얼굴로 자리를 털고 일어섰다.

저 자식이.

유천은 그 뒤를 따라 자리에서 일어섰다.

한 시간 후 두 사람이 도착한 곳은 동두천에 있는 단독주택촌이었다.

"여긴 왜 온 거야?"

유천이 묻자 이주봉이 한마디 했다.

"따라와 보시면 압니다."

그 뒤로 두 사람은 말없이 좁은 골목길을 한참을 올라갔다.

다닥다닥 붙은 집들은 이른바 판잣집들뿐이었다.

"완전히 그때를 아십니까, 복사판이네."

"여기도 사람 삽니다."

"사니깐 집이 있지. 나도 이런 추억은 있어."

"하하."

이주봉이 씁쓸하게 웃었다.

올라가면 갈수록 과거 영상을 보여주는 방송이 생각날 정도였다. 보통 사람이라면 올라오기 힘든 코스였다.

그러나 두 사람은 강한 훈련으로 단련된 사람답게 그리 힘들지 않게 걸었다.

거의 산꼭대기에 올라서자 이주봉이 한쪽을 가리켰다.

"저기입니다."

"저기가 뭐?"

"제 하나뿐인 여동생이 사는 곳입니다."

순간 이번에는 유천이 할 말을 잊었다.

그가 보기에도 다 쓰러져 가는 판잣집, 그나마 산꼭대기에 있어 오가기도 힘든 곳이었다.

이주봉이 유천에게 말했다.

"여기까지 오셨는데 끝까지 보시죠."

"그러지."

유천은 애써 태연하게 말하며 이주봉의 뒤를 따랐다.

삐걱.

소리 나는 나무 대문을 열고 들어서자 낡은 판잣집의 전경이 한 눈에 보였다.

1960년대의 집을 본 듯한 기분?

그 이상의 기분은 느낄 수 없었다.

그나마 본채를 지나 조그마한 옆에 별채로 간 이주봉이 문을 두드렸다.

"혜진아."

그리고 잠시 기다리자 문이 열렸다.

삐걱.

"오… 빠."

어눌한 말투.

여자를 본 순간 유천은 순간적으로 하늘을 쳐다봤다.

'빌어먹을.'

혜진이라 불리는 이주봉의 여동생은 지체장애였다. 팔은 90도로 꺾여 있었고, 다리도 힘이 없어 휘청거리고 있었다.

그래도 기쁜지 얼굴엔 미소가 가득했다.

"잘 지냈어?"

이주봉이 환한 미소를 짓자 품에 안기는 혜진의 모습이었다.

"오… 빠, 오랜… 만이야."

"그래. 김 서방은?"

"안… 에 있어… 요."

가자.

이주봉이 밝게 웃으며 판잣집 안으로 들어갔다. 밖에 있던 유천은 안에 전경을 환히 볼 수 있었다.

작아도 너무 작았다.

사람 둘이 겨우 누울까 하는 정도의 방이었다.

거기에는 유천의 상상을 뒤엎고 강보에 쌓인 아기 모습이 보였다.

유천은 조용히 뒤돌아 마당 한편에 우뚝 섰다.

20여 분이 지났을 무렵 이주봉이 유천 옆에 다가섰다.

"속이 시원하십니까?"

"너 같으면 시원하겠냐? 여긴 왜 온 거야?"

"제 동생 혜진이 때문입니다. 제 하나뿐인 여동생이지요. 태어날 때부터 저 지경이었습니다."

"왜 진작 그런 말을 하지 않았어?"

유천이 한마디 하자 이주봉이 싱긋 웃었다.

"자랑할 일은 아니지 않습니까."

"그런데도 그렇게 밝게 지냈냐?"

유천의 말대로 이주봉은 군 생활을 하는 동안 눈살 한번 찡그린 적이 없었다.

덕분에 이런 아픔이 있다고는 전혀 상상조차 하지 못했다.

그저 집이 좀 어렵다. 그 정도 외에는 아무것도 아는 것이 없다는 생각이 들었다.

그 마음이 들자 유천이 솔직하게 말했다.

"미안하다."

"형님이 미안하실 건 없죠."

"그런데 여긴?"

"보셨죠? 제 여동생과 매제가 아기를 낳았습니다. 건강한 놈이에요. 부모를 닮지 않아 신체도 멀쩡하고요."

"그래 보이더구나."

유천이 대답하자 이주봉이 하늘을 쳐다보며 말했다.

"이 꼴랑 방 한 칸짜리 집도 보증금과 월세를 올린답니다."

유천이 말없이 바라보자 이주봉이 분노한 목소리로 말했다.

"저들 수입이 뭔지 아십니까? 기초생활수급 그거 외에는 없습니다. 그런데 아기 키우랴, 먹고 살랴. 가능하겠습니까? 보증금은 고사하고 올리는 건 턱도 없는 소리죠."

"그래서?"

"그래서 경호 회사를 때려치우고 저쪽에 간 겁니다. 보수는 좋거든요."

유천은 이주봉의 말을 조용히 들은 후 천천히 말했다.

"그런 불쾌한 돈을 저 녀석들이 원할까?"

"그건 모릅니다, 형님. 제가 명색이 오빠입니다. 오빠가 돼서 다른 건 몰라도 전셋집 하나는 구해주고 싶습니다. 우리 동생 혜진이가 편히 걸어 다닐 평지에 말입니다."

"내가 산통 다 깼구나."

유천의 말에 이주봉이 고개 저었다.

"아닙니다. 뒤늦게나마 느낀 게 있습니다. 더 열심히 벌어서 해줘야죠. 다행히 월세 정도 올려줄 정도는 됩니다."

가만히 이주봉을 바라보던 유천이 어깨를 쳤다.

"가자, 술이나 한잔하자."

"그럴까요?"

두 사람은 산길을 조용히 걸어 내려왔다.

술 한 잔을 마시고 헤어진 유천이 곰곰이 생각에 잠겼다.

"주봉 같은 녀석이라면."

자신의 곁에 두고 싶었다. 전이라면 그저 안타까운 일이지만 지금은 아니었다.

　치킨집에서 나온 수익금과 저축한 돈을 생각하면 충분히 도와줄 능력은 있었다.

　그리고 사업은 할 생각이다.

　거기에 믿을 만한 이주봉 같은 친구가 있다면 좋은 일이었다.

　"그래."

　신세도 갚을 겸 여러 가지로 옳다는 생각이 들었다.

　생각이 나자 유천은 망설이지 않고 이주봉에게 연락했다.

　"나 좀 보자."

　"형님, 어디요?"

　"내가 그쪽으로 가마."

　전화를 끊은 유천이 곧장 약속 장소로 향했다.

　약속장소에 도착하자 이주봉이 먼저 기다리는 모습이 보였다.

　"차나 한 잔 하자."

　"식사는 하셨습니까?"

　"차나 한 잔 하자고."

　유천은 이주봉을 끌고 근처에 있는 커피숍으로 들어섰다.

　차 한 잔이 미처 나오기도 전에 유천이 이주봉에게 말했다.

"너 불쾌한 돈 좀 있다고 했지?"

"네, 있습니다."

"그거 나 줘."

순간 얼어붙은 이주봉이 겨우 입을 열었다.

"형님 못 보셨습니까? 우리 동생 보증금 모아 이사시킬 겁니다."

"그러니까 주라고."

단호한 유천의 말에 이주봉이 가만히 바라보다 입을 열었다.

"어머님이 또 아프십니까?"

"그런 건 아니다."

"그런데 갑자기 왜요?"

"혜진이가 그 돈 출처 알면 좋아할까?"

유천이 한마디 하자 이주봉이 고민에 빠졌다. 유천은 가만히 바라보며 아무 말도 하지 않았다.

한참이 지난 후에야 이주봉이 힘들게 말했다.

"드리죠. 지금은 가져온 게 없고 내일 당장 드리겠습니다."

이주봉의 말을 들은 유천이 히죽 웃었다.

"그리고 전세 자금이 5천만 원이라고 했지?"

"네, 5천만 원 정도 듭니다."

"여기 있다."

유천이 주머니에서 하얀 봉투를 꺼냈다.

"형님."

놀란 이주봉이 쳐다보자 유천이 한마디 했다.

"빌려주는 거야. 그리고 꼭 갚아라."

"이건 무슨 돈입니까?"

"외국에서 번 돈이야."

"형님, 그렇다면?"

"머리 굴리지 말고 받아."

이주봉도 이 돈이 어디서 난 건지 알기에 목이 메었다. 목숨을 걸고 벌어온 돈이다.

그 돈을 내미는 유천의 마음을 알기에 말하기도 힘들었다.

"싫습니다."

"받아."

"싫다니깐요."

"안 갚을 거야?"

"갚습니다."

"이자 싸게 줄게."

유천이 농담을 던지자 한참을 망설이던 이주봉이 봉투를 받았다.

유천은 짧은 순간이지만 이주봉 눈까풀이 파르르 떨리는 걸 봤다.

"빨리 갚겠습니다. 그리고 정말 감사합니다."

유천은 그제야 속이 후련함을 느꼈다. 자신이 하는 선택에 대한 후회는 전혀 없었다.

저런 후배라면 꼭 옆에 있고 싶은 마음이었다.

살다 보면 꼭 신뢰할 사람이 필요하게 마련이다.

특히 유천같이 사업할 사람에게는 절대적으로 정확한 이야기였다.

마음이 가자 흥거운 기분으로 유천은 곧장 다음 이야기를 꺼냈다.

"너 내일부터 나랑 같이 일하자."

"일요? 어떤 일이신지?"

"내 꿈이 좀 커."

유천이 밝게 웃었다.

『한국호랑이』 2권에 계속…

이제부터 전자책은

이젠북

www.ezenbook.co.kr

❧ 새로운 세계가 열린다! ❧

한백림 『천잠비룡포』 　천중화 『그레이트 원』
좌백 『천마군림』 　송진용 『몽검마도』
현대백수 『간웅』 　김석진 『더블』
김정률 『아나크레온』 　백연 『생사결─영정호우』
임준후 『켈베로스』 　예가음 『신병이기』
진산 『화분, 용의 나라』 　남운 『개방학사』

이름만 들어도 황홀할 정도의 별들의 향연!

이들의 "유료연재"가 시작됩니다!

검색창에 **이젠북** 을 쳐보세요! ▼ 🔍

FANTASTIC ORIENTAL HEROES

자객전서

수담 옥 新무협 판타지 소설

자객 담사연과 순찰포교 이추수의
시공을 넘어선 사랑!
최강의 적들과 맞선 자객의 인생은 슬프도록 고달프며,
그 자객을 그리워하는 포교의 삶은 아프도록 애달프다.
서로를 원하지만 결코 만날 수 없는 두 연인.

단절된 시공의 벽을 넘어가는 유일한 소통책은 전서구를 통한 편지!

"후회하지 않습니다.
당신과의 만남은 내 삶의 유일한 즐거움이었습니다.
나는 천 년을 어둠 속에서 홀로 살아가더라도
역시 같은 선택을 할 것입니다."

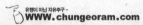

용병귀환

유왕 판타지 장편 소설

**수십 년 전, 용병왕의 등장으로 생겨난
왕국과 용병의 세계.
평소엔 한없이 가볍지만 화나면 누구보다 무서운,
놀고먹고 싶은 그가 돌아왔다!**

하지만 바람과는 달리 과거 그의 앙숙과 대륙의 판도는
도저히 그를 놓아주질 않는데……

"용병은 그냥, 돈 받고 칼을 빌려주는 놈들이니까."

그의 용병 철학은 단순했다.

"물론, 누구에게 빌려주느냐가 문제겠지?"

Book Publishing CHUNGEORAM

유행이 아닌 자유추구
WWW.chungeoram.com

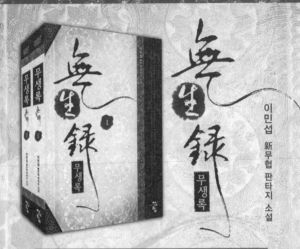

FUSION FANTASTIC STORY
월문선 장편 소설

화려한 귀환

머나먼 이계의 끝에서
다시 돌아온 남자의 귀환기!

「화려한 귀환」

장점이라고는 없던 열등생으로 태어나,
학교에서 당하는 괴롭힘을 버티지 못하고
자살이라는 극단적인 선택을 하게 된 남자, 현성.

"돌아왔다……. 원래의 세계로!"

이계에서 죽음을 맞이하게 된 현성은
자신을 죽음으로 내몰았던 현실 세계로 돌아오게 된다!

고된 아픔들, 그리웠던 기억들,
모든 것을 되살리며 이제 다시 태어나리라!

좌절을 딛고 일어나 다시 돌아온
한 남자의 화려한 이야기!
이보다 더 '화려한 귀환'은 없다!

Book Publishing CHUNGEORAM